Senhoritas Primavera
Três contos femininos

Editora Appris Ltda.
1.ª Edição - Copyright© 2023 da autora
Direitos de Edição Reservados à Editora Appris Ltda.

Nenhuma parte desta obra poderá ser utilizada indevidamente, sem estar de acordo com a Lei nº 9.610/98. Se incorreções forem encontradas, serão de exclusiva responsabilidade de seus organizadores. Foi realizado o Depósito Legal na Fundação Biblioteca Nacional, de acordo com as Leis nos 10.994, de 14/12/2004, e 12.192, de 14/01/2010.

Catalogação na Fonte
Elaborado por: Josefina A. S. Guedes
Bibliotecária CRB 9/870

C837s
2023
	Costalima, Teresa
	   Senhoritas primavera : três contos femininos / Teresa Costalima. –
	1. ed. - Curitiba : Appris, 2023.
	   119 p ; 21 cm.
	
	   ISBN 978-65-250-4325-8
	
	   1. Contos brasileiros. 2. Mulheres na literatura. I. Título.
	
	                                                                CDD – B869.3

Appris editora

Editora e Livraria Appris Ltda.
Av. Manoel Ribas, 2265 – Mercês
Curitiba/PR - CEP: 80810-003
Tel. (41) 3156 - 4731
www.editoraappris.com.br

Printed in Brazil
Impresso no Brasil

TERESA COSTALIMA

Senhoritas Primavera
Três contos femininos

FICHA TÉCNICA

EDITORIAL Augusto Vidal de Andrade Coelho
Sara C. de Andrade Coelho

COMITÊ EDITORIAL Marli Caetano
Andréa Barbosa Gouveia (UFPR)
Jacques de Lima Ferreira (UP)
Marilda Aparecida Behrens (PUCPR)
Ana El Achkar (UNIVERSO/RJ)
Conrado Moreira Mendes (PUC-MG)
Eliete Correia dos Santos (UEPB)
Fabiano Santos (UERJ/IESP)
Francinete Fernandes de Sousa (UEPB)
Francisco Carlos Duarte (PUCPR)
Francisco de Assis (Fiam-Faam, SP, Brasil)
Juliana Reichert Assunção Tonelli (UEL)
Maria Aparecida Barbosa (USP)
Maria Helena Zamora (PUC-Rio)
Maria Margarida de Andrade (Umack)
Roque Ismael da Costa Güllich (UFFS)
Toni Reis (UFPR)
Valdomiro de Oliveira (UFPR)
Valério Brusamolin (IFPR)

SUPERVISOR DA PRODUÇÃO Renata Cristina Lopes Miccelli
PRODUÇÃO EDITORIAL Jibril Keddeh
REVISÃO Teresa Costalima
DIAGRAMAÇÃO Renata C. L. Miccelli
CAPA Lívia Costa

*À minha mãe e às minhas filhas.
À minha linhagem feminina.*

PREFÁCIO

Teresa faz bordados.

Assim como as Marias do primeiro desses três contos, Teresa borda. Borda ela mesma, não compra pronto e pronto. Borda ela mesma e sua linhagem feminina. Borda ela mesma, como faz qualquer ficcionista, e borda uma sociedade que ela conhece bem. Com a linha das palavras, borda a velha senhora e Daniele, borda Pedro e suas mulheres, borda as muitas flores das Primaveras.

Borda com um bordado intrincado que, a princípio, julgamos precisar de muita atenção para não nos perdermos nas tramas. Mas é um julgamento apressado. O bordado em zigue-zague de Teresa, que joga o leitor de um lado pro outro o tempo todo, acaba nos laçando e nos costurando junto às suas tramas. A cada volta que a sua linha dá, voltamos com ela a cada fragmento de história de cada personagem e, quando percebemos, já perdemos a tensão da atenção e estamos tomados pela pura fruição das histórias que ela borda, curtindo cada virada, cada nova informação que vai compondo a colcha (azul?) que Teresa costura a cada conto.

Só que Teresa não apenas borda. Teresa pinta e borda. Ou melhor, pinta enquanto borda. As cores, que sempre marcaram os trabalhos da Teresa-diretora-teatral que conheci desde os primeiros passos, quando éramos colegas na Escola de Teatro da UFBA, fazem-se também marcantes na obra da Teresa-escritora-de-contos. Cores que não estão ali somente para descrever cenários e objetos. Estão ali também para colorir o interior das personagens, seus estados de espírito, transformando o zigue-

-zague do bordado em um caleidoscópio, ora em cores vivas, ora em cores desbotadas, ora em preto e branco.

É com esses zigue-zagues caleidoscópicos e fragmentados que Teresa imprime sua marca autoral como contista. E é com muita felicidade (e por que não dizer orgulho?) que eu, que a conheço há tanto tempo, identifico esses traços e escrevo esse pequeno prefácio pra esse livro de minha amiga-colega-parceira-irmã-que-a--vida-me-deu. Viajei em cada história, entrei na mente de cada personagem, me emocionei. E mais não falo pra não dar spoiler.

Salvador, 16 de dezembro de 2022

Claudio Simões
Dramaturgo, ator, diretor teatral

SUMÁRIO

SENHORITAS PRIMAVERA 10

HONRA 47

ELA DISSE SIM! 81

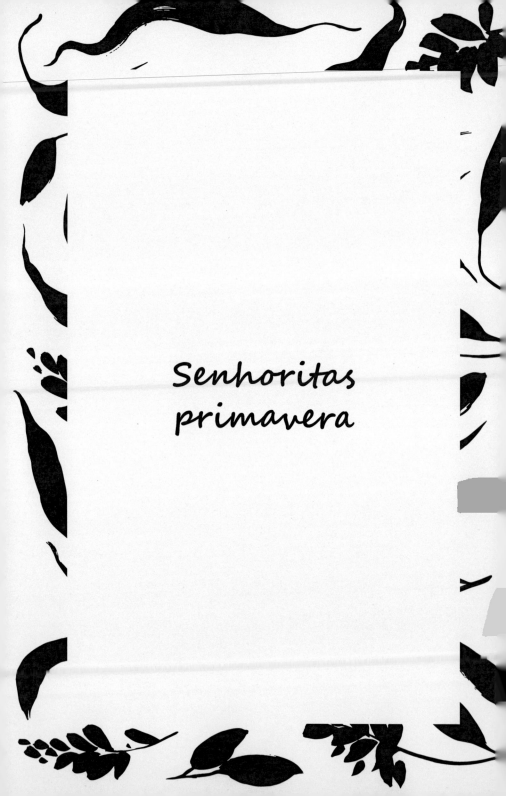

Senhoritas primavera

Era primavera.

Era setembro e junto com sol, flores e pólen, vinha aí festa, vinha nascimento, vinham bodas, funeral, casamento, vinham lembranças e esquecimentos, novas surpresas e velhos ressentimentos. O sol entrava em libra. Equilíbrio. O sol entrava em frestas. Auguri! O sol abria janelas, dançava nas cortinas, sorria. Iluminava uma barra de tecido rosa-chá com minúsculas florzinhas bordadas. Esvoaçava um vestidinho de babados, singelo canteiro em branco e vermelho. Acendia um vestido em rosas tão vivas. Cintilava um velho chapéu roxo de plumas e flores de lantejoulas. Aquecia uma mantinha de bebê com flores amarelas bordadas. Era setembro e floria nos jarros, no xale de fios dourados, brotava nos cabelos, nos pés, nos papéis azulados. Era setembro e a primavera chegava, com vestido florido e saltos, para as Marias desta família, que um dia, em um distante passado, eram apelidadas de Senhoritas Primavera.

Bule, açucareiro, xicrinhas. Risos. Toalha bordada em azul. Mãos femininas. – As mulheres todas se chamam Maria? Riam Doutor e Rosa para moça que perguntou se não se confundiam. – A gente já acostumou. – Sim e Maria é seguido de flor. – É um jardim de Marias. Riam. – A gente se acostumou a explicar também. E riam. Como riam juntos os dois. – Vocês são tipo irmãos, assim, de criação? – Primos. – É, primos. Na mesa de jantar, na casa da fazenda, um silêncio pousou. – Quer mais doce? Mais café? Rosa desconversou.

Maria Hortênsia andava para lá e para cá. – Tá cedo. Não é hoje. Vai passar! Olhava a barriga no espelho do quarto, olhava os pés inchados que não cabiam mais em seus sapatos, só agora o medo batia. Gravidez de férias sem juízo, para nascer lá para setembro. Hortênsia não era tão nova, tinha casa e profissão. Doutora, advogada, concursada. O bebê nem era plano agora, mas veio e foi bem-vindo. Andava pelo apartamento revisando, já tinha tomadas tapadas, quinas polidas, janelas protegidas. A mantinha... Dobrou e desdobrou. Acariciou as florzinhas pequeninas. Dobrou e desdobrou. Amarelinhas. Mala pronta. Quartinho todo pronto. – Colorido! – Uma beleza! – Um jardim com abelhas e joaninhas. Ela e o pai do bebê seguiram namorando, mas eram mais amigos, nem pensavam em morar junto, casar, nem pensar, agora o foco era o bebê. Combinaram de ser pai e mãe, mas não casal para sempre. Tempos eram outros, não era nada demais. O pai dela não gostou da ideia, mas se conformou. – Ah, o pai...

– Ligue não, ele é assim... Disse Rosa à moça quando Doutor levantou da mesa e deixou as duas para tirarem os pratos. – Você não imagina como ele é! Deixou escapar, uma vez, Magé para Mavi sobre o marido, sobre uma mancha roxa no pulso, depois de uma desavença qualquer. – Você sabe como ele é! Disse a mãe a Hortênsia ao saber da gravidez independente, sobre a reação árida do pai. Cada um é como é.

– Ah, o pai... Como era careta o pai. E o avô. E a avó. A mãe mais amena. Para o avô nem se importou em explicar. A avó se achou ruim, não disse, se dedicou a bordar, tão logo soube. – É menina! E as outras Marias, as outras meninas, as outras Senhoritas Primavera, assim que souberam da gravidez da prima, se empenharam em fazer o enxoval. Hortênsia colocou a mantinha, presente de Rosa, e os documentos do plano de saúde na sacola. Qualquer hora. Agora era esperar.

Fazer enxoval era mais uma brincadeira de família. No início, ainda todas morando no interior, faziam café com bolo num domingo à tarde e bordavam juntas e fofocavam juntas. Falavam de tudo, mal de vizinhas, de maridos e de sogras. E umas das outras, claro. Se davam conselhos e se amparavam também. Uma roda enorme embaixo da mangueira, cadeiras de vime, almofadas, esteiras, um rádio. Cantavam. Passadas gerações o bordado coletivo foi desaparecendo, umas mudaram para cidade, outras nunca aprenderam a bordar, outras, podendo comprar, achavam uma bobagem isso de bordar. Na última leva de Marias houve um desejo de retorno da antiga tradição, ainda bordavam, tricotavam, pintavam, algumas até se exibiam em *blogs*. Mas as trocas agora eram no grupo do *WhatsApp* da família. E cada uma fazia só um paninho, só para constar, tinham tanto para fazer. Como se nunca antes tivessem tido.

Maria Rosa vestiu-se de primavera a espera, verificou no espelho seu vestido florido com todos os tons de rosa, botou e tirou brinco, calçou e descalçou sapato... Após tanto tempo, longo inverno sem seu menino, soube da sua volta. Moça boa. Trabalhadeira. Criada na casa da madrinha, sem pai, sem mãe. A madrinha viúva, Maria Violeta, tia Mavi, até achou bom criar a afilhada, filha de prima, mais pobre e malcasada. A prima, também Maria, tinha dado mau passo com homem mais escuro. Família rejeitou. Violeta aceitou a menina, para não deixar passar necessidade. Afinal era família. Tinha filho pequeno e fazenda para tocar. O arranjo era bom. A Rosa ajudava. A Rosa costurava. A Rosa não reclamava. Bonita não era. O cabelo não era bom. Ou belezura não se via, pois que nunca se arrumava. Tempo passou. Menino cresceu. E dos dengos aos chamegos, caiu de amores por Rosa.

Maria Angélica estava quase pronta, no *closet* bege e dourado de seu quarto, repleto de porta-retratos com filhos e netos emoldurados. Vestia um vestido longo, rosa-chá, suave, com mínimas flores bordadas na barra, maquiada por um profissional, a quem foi recomendado suavidade, delicadeza, elegância. O espelho refletia uma senhora respeitável sob um feixe de sol cruzando vitrais. Entardecia. Vista para a piscina. Decoração. Bolas douradas. Ela se deixou conduzir pelas noras e netas, como um dia a conduziram mãe, tias e avós. Sempre tons pastéis. Sempre sons suaves. Sempre dons secretos. O combinadinho delicado incluía sapato e bolsa. Mesmo tom. Suave. Pérolas e meia fina. Aliança. Batom rosado. Mate. Suave e mansa em suas bodas de ouro. Sensata. Equilibrada. A sábia. De todas as primas a que tinha casado melhor, com homem rico e de bem. Olhos claros, bem vestido. Bem-educado e bem-querido. Tiveram quatro rapazes, netos vários e até bisneta vinha por agora. 50 anos de felicidade! A sábia soube casar.

Maria Margarida tinha construído outra família, de amigos e amantes, de gente desgarrada como ela. Tinha tido famílias de cena, amores de filmes. Assim tinha passado aniversários e natais, passado calmarias e vendavais. Hoje eram sua família as enfermeiras e outros internos, sim e sobrinhos, como ela chamava todos os médicos. Há muito apartara-se dos pais. Apartara-se das irmãs. Apartara-se de sua antiga vida. Apartara-se de seu grande amor também. Se arrumando no espelho contabilizava, tinha sido feliz. Saudade sentia. Mas disso não falava. No íntimo, muito íntimo, sentia falta de sua família e queria ainda tê-los perto. Tinha como podia, por memória ou fotografia. Mesmo a distância nunca perdeu o fio da meada, era informada, de um jeito ou de outro, dos partos e das partidas. Sempre enviou presentes para os enxovais, só que as vezes encomendava. A intenção valia. Hoje andava esquecida. Só de seus sapatos lembrava. E dele, o Rei dos Elfos.

Maria Orquídea era o nome da grife que Maria começava, ainda na sala do seu pequeno ap., depois de terminada a escola de moda. Tecidos, caixas, moldes, sobre a mesa uma bagunça. Imprimia seu primeiro contrato grande, acariciou a logo delicada em tons de azul, estava orgulhosa de si. Pensou em arrumar um pouco, antes da mãe chegar. Tesouras, grampos, cola. Ideias. Seu projeto de formatura misturava novo e velho, acessórios e adereços, sapatos e bolsas, masculino e feminino, couro e ouro. Eram peças praticamente exclusivas, feitas sob medida. Resgatava alfaiates e bordadeiras, bilros e fuxicos, resgatava álbuns de família, cadernos de moldes, avô e avó, revistas muito antigas, recortes de memórias de gente já esquecida. Em suas peças se achava e se perdia. Tanta história que ouvia. Tinha em suas peças toda a sua família. Maria desenhava, Maria costurava, Maria na internet vendia. Maria Orquídea – Moda retrô.

Maria Violeta deixou que Rosa se encarregasse de tudo, a cada ano ela deixava mais uma chave com Rosa e se fechava em seus cavalos, seus bordados e seus álbuns de fotografias. De uns tempos para cá, ela que já era calada, ainda menos conversava e por nada se interessava. Quando da viuvez, todos diziam. – Isso passa! Passou nada, foi piorando todo dia. A caçula das irmãs refugiou-se na fazenda, não queria conta com a família. Não queria conta com ninguém. – Se não acreditam no que digo, eu com vocês não falo mais. Só lhe restava o filho, e Rosa, mas Rosa não contava. Nunca procurou Magé por mágoa. Nunca procurou Mamar, pois dela pouco se lembrava. Sobrinhos do "deixa-disso", iam e vinham tentando juntar as irmãs, numa tentativa tola de tirar o sal da sopa.

Desde que Hortênsia engravidou e soube menina um nome de flor foi decidido, meses de gestação pesquisando significados e sonoridades, um Maria na frente da flor, pois que era já comum na família. Era uma família de mulheres. Era uma família de flores. Era uma família de Marias. Senhoritas Primavera. A barriga já transbordante anunciava a chegada da menina. – Hoje, logo hoje? Acho que ainda não. Tinha dito à irmã mais cedo. – Mas por que Doutor tinha que viajar hoje? Logo hoje? Hortênsia queria o primo ao seu lado, mais que o namorado. O primo era médico e era primo. Era família.

Do que um dia foram três irmãs, três flores, três estrelas, hoje eram fotos apenas. Mesmos olhos. Mavi pequena ainda, Magé, mocinha e Mamar uma moça feita. Foi um dia de setembro, há décadas passadas, fotos de galhofas e risadas. Foto de uma brincadeira comum das meninas: um teatrinho de fantoches, com Mamar escrevendo, dirigindo e atuando, fazendo vozes e ruídos, Magé segurando os bonequinhos e Mavi, rindo e aplaudindo. Uma foto com um cavalinho, Mavi pequena amazona, amparada pela irmã mais velha e conduzida pela irmã do meio. Uma foto séria das três; Mamar sentada como uma rainha, Mavi no colo como uma princesa e Magé, em pé, mão no ombro da irmã, como uma conselheira. A bela, a sábia e a mais nova. Mamar na balaustrada, sorriso lindo de Magé, Mavi com chapéu de orelhinha. Três irmãs Marias. Três flores. Três estrelas azuis. O mesmo sorriso. As fotos em preto e branco. Última vez que estiveram assim, rindo e brincando. Depois nunca mais. Logo depois Maria Margarida foi embora. Tempos mais e Maria Angélica casou. Mavi foi dama de honra, Mamar não foi convidada. Só muito tempo depois Maria Violeta casou. A bela ganhou os palcos. A sábia soube casar. A mais nova amava cavalos e continuou toda vida a amar.

Para Mavi, a única companhia, companhia noite e dia, companhia dormindo ou acordada era o marido, não se passou um dia, uma noite, uma madrugada, sem que ela não acarinhasse o seu retrato. Fazia ainda os doces que ele preferia. E procurou criar o filho como ele criaria. De menino disse. – Vou ser médico! E assim, desde pequeno, se apelidou Doutor. Como daria orgulho ao marido, quantos filhos ainda poderiam ter... Sozinha traçava a vida que não tiveram, desenhava em sonho seu envelhecimento, como hoje ele seria? Imaginava mechas grisalhas naqueles cabelos lindos, poucas e responsáveis rugas naquele rosto tão lindo, aconchego e seu cheiro no peito lindo. E os olhos com que a olhava. E o desejo com que a possuía. E seus óculos de rodinha. E a graça com que montava. E a malícia com que sorria. Lindo. Lindo. Lindo. Puro sangue lusitano.

Dona Margaridinha abriu seu velho baú. Sua única posse. Sapatos e chapéus, fotos e recortes de jornais. Além de memórias. Maria Margarida, que assinava largos M.M.s em autógrafos, tinha uma memória prodigiosa, recitava longos monólogos interpretados há o que parecia séculos, recordava detalhes de cenas, amores passados, segredos guardados... Mas tinha dias de não saber quem era ou onde estava, misturava-se com personagens, misturava-se consigo mesma antes e depois, misturava-se com ele. Tinha dias de doçura e dias de tempestade. Hoje estava feliz, esperava visitas, ia participar de um vídeo. – Vou gravar!!! Vou gravar!!!!! Repetiu a todos, muitas vezes. As enfermeiras a rodeavam assuntando a novidade. E ela pediu ajuda para escolher um sapato para a ocasião. E flores, para o cabelo, para o decote, para arranjar a mesa. M.M. decorava, textos e decorações. – O chapéu! O roxo! Esse!

Olhando para a orquídea azul no pulso, Maria hesitou. – Hoje? Falou mais cedo com a irmã. – Contrações, será? Mas hoje? – Qualquer coisa você me liga, estou esperando a mãe, vai passar aqui antes da festa. – Beijo para as duas. Trocou de roupa algumas vezes. Por fim decidiu-se por um vestidinho florido, leve, levemente rodado. Leve, leve, fim de tarde. Brisa. Queria leveza nesse encontro. Flores miudinhas vermelhas e brancas esparramadas em babados. Escolheu sapato boneca combinando. Salto largo não tão alto. Maria não era muito de saltos, talvez por ser muito alta. Mas os sapatos boneca eram sua cara. Retrô. Diferente. Com flores de couro vermelhas adornadas com fivela dourada. Ela mesma tinha desenhado. Dava os primeiros passos como estilista e seus sapatos eram sempre a sensação dos poucos desfiles em que participara. Maria esperava por sua mãe. Tanto tempo. Tanta coisa. Tanto para contar.

Prima mais velha, desenxabida, de poucas letras, mais morena que devia, Rosa era também louca por ele. Fazia-lhe todo tipo de gosto, nada lhe negava. De uma vida toda com ele lembrava. Embolavam-se na rede em amores noturnos e sem preocupação. Menino, quando rapaz, foi estudar na cidade. Escrevia a Rosa com rotina certa e lhe mandava lembranças: revistas de moldes, tecidos e até perfumes, que ela economizava para usar quando ele estava em casa. Assim passaram anos. Férias e feriados ele era de Rosa. Nunca ninguém desconfiara. Nunca, nem aos primos, eles contaram de suas noites acordados, de banhos noturnos, dos barulhos abafados. Ele nunca falou de namoradas. Ainda que ela imaginasse que algum flerte havia. Ela nunca pensou em com outro casar. Passavam o dia no *zap* a namorar. E por mais absurdo que fosse, ele, hoje doutor de fato, há anos na cidade e ela, prima pobre e enjeitada, sem nunca sair da fazenda, poderiam ser um casal mesmo. Assim, Rosa fantasiava. Rabiscava vestido de noiva, rabiscava nome de casada.

Dona Angélica gostaria de dançar e bem poderia, suas pernas não tinham sua idade, mas seu par... Era centenas de anos mais velho. Seu par? Aquele, um dia jovem, no porta-retrato. – Par... Fazia tanto tempo que não tinha par. Algum dia tivera? Ela achou que sim... Um dia, distante séculos. Maria Angélica entendeu que seu casamento não seria o que pensava desde o primeiro dia. Baseada em que pensava que seria diferente? Pois se mãe, tias, primas, todas sofriam, só disfarçavam. Só a irmã viúva, com filho temporão e herança confortável, não sofria, a afilhada cuidava da casa, o filho não dava trabalho, botou na cabeça desde menino que ia ser médico e só a isso se dedicou, e marido morto era uma benção. Da outra irmã, também Maria, não se falava na casa. Era como se nunca houvesse existido. Via, às vezes, nas revistas, em programa de calouros, sempre vestida sem compostura, sem classe, cheia de penas e colares. Os tabloides lhe trocavam semanalmente os amantes, flagravam pileques, expunham intimidades. Mas parece que ela também não sofria. Angélica teve curiosidade de saber, mas o marido nunca permitiria voltar as boas com a irmã perdida. Como não deixava que falasse com a irmã safada.

M.M. pedira ajuda para arrumar o cabelo muito alvo com enorme chapéu com flores e maquiou-se como a diva que era, isso nunca esquecia, a velha senhora costumava namorar-se no espelho puído, onde se dissolviam suas linhas marcadas. As enfermeiras eram para ela camareiras e até se divertiam nesse faz de conta. – *Live* é tipo um ao vivo, só que é pela internet... Mas hoje estavam preocupadas com o entusiasmo dela. Andava as voltas selecionando fotos para o Instagram que a sobrinha,

aquela dos sapatos, queria fazer para ela, recordando seus espetáculos e coisas assim. Mexer nesses guardados lhe espetou o coração, mas o encanto pela tecnologia falou mais alto. A sobrinha tinha lhe mostrado no *tablet* suas redes, seu *site*, onde vendia sapatos e roupas feitas sob encomenda. – Retrô! M.M. achou foi graça. – Coisa velha hoje é retrô! Ia falar esse chiste com os estudantes de teatro, aqueles da pesquisa. – Sabem que me visto na moda? Retrô. E gargalhava sozinha pensando como essa menina tão boazinha podia ser neta de Magé. A sonsa. As enfermeiras olhavam o relógio. E se eles não viessem? Como tantas vezes não vieram. Que diriam à grande Maria Margarida? Ela ainda escolhia os sapatos, logo estaria pronta. – E as visitas?

– Nada ainda? Nada ainda da mãe chegar. Nada ainda do bebê nascer. Nada ainda de convidados para festa. Nada ainda de Doutor voltar. – Nada ainda! Cada qual na sua espera a se entreter como podiam, a dobrar e desdobrar, coisas para guardar, a andar em volta e meia, calçar e descalçar. Espera. Maria guarda as velhas fotos p/b que Mamar lhe emprestara para fazer seu Instagram, contempla a avó e as tias, ainda meninas, ainda quando eram as Senhoritas Primavera. Hortênsia verifica mais uma vez o quartinho, tudo pronto, tão lindinho, já com cheiro de bebê. Angélica relê o convite das bodas, grande, papel elegante, letras douradas, filhos convidam. Cinquenta anos de tormento. Rosa ensaia no espelho seu novo jeito de andar. Cavalga Mavi. Declama Mamar. Magé deixa de sorrir. Maria guarda a caixa de fotos, escolhe uma para escanear. Um cavalinho montado por uma menininha, uma moça a segurar, uma mocinha a puxar. O mesmo sorriso. Os mesmos olhos. Senhoritas Primavera.

Hortênsia tinha consultado vó Angélica, não queria repetir a flor. Doutor trouxe da fazenda um gráfico de Marias feito pela mãe, tia Mavi alcançava até quatro gerações. Até a tia Mamar ela procurou. Rebelde a todas as outras convenções, a brincadeira de séculos do nome Maria seguida de flor lhe divertia. Até na brincadeira dos bordados do enxoval ela entrou, achou terapêutico. Disse ao namorado. – E não é que relaxa mesmo? Ele apenas sorriu, na cabeça dele era melhor comprar pronto e pronto. – O bordado de máquina não é mais bem feito? E mais barato, no fim das contas. Ele não entendia a magia de botar amor pelas mãos, nem o mistério de se sentir amado através de linhas. Ele não entendia. O namorado era mais novo, o namorado ganhava pouco, o namorado nada escolhia. A escolha Maria Lis, foi da mãe Maria Hortênsia. Homenagem às Marias que vieram antes, foram muitas as flores que plantaram, foram muitas as flores que colheram, foram muitas as flores que murcharam, muitas as flores que morreram. Foram Marias das Dores, das Penas, Marias das Graças também.

Entrava setembro quando uma caixa chegou. Presente para Rosa. Um tecido bonito, florido de rosas, imensas, com tanta cor de rosas, tantos tons, e um sapato de saltos. Rosa. Rosa assustou. – Como se usa isso? Junto um bilhete. – Prepare um vestido de noite. Se arrume. Quero você bem bonita. Escreveu também para a mãe. – Volto com uma surpresa. – Que surpresa? – Que será? Vizinhas apostavam. – Isso é notícia de casório. – É nada. – Tão menino. – Menino que faz menino. – Menino médico, mas qual? – Que você acha, Rosa? – Sei não, senhora, a mim não disse. Mas por dentro Rosa exultava. Era isso.

Era casamento. Com Rosa. Era essa a surpresa. Deu de calçar os sapatos dia e noite para se acostumar. Ideia mais besta, que machuca o pé. Mas não ia fazer feio. Cortou cabelo, deu babosa, banho perfumado, o vestido ficou uma beleza e Rosa vestida assim, colorida de revista, ficou até bonita. De tanto esforço aprendeu a usar os saltos e num arroubo louco botou até batom. Ele chegou. Que decepção! De onde poderia ela ter tirado a ideia de casamento? Se nunca tinham falado nisso. Coitada de Rosa. Como são sempre coitadas as moças de sonhos vãos. Ele chegou trazendo a noiva da capital.

Magé casou-se em um setembro antigo, jovem ainda para acreditar. E acreditou. Durante as intermináveis sessões de bordado, quando ia sendo tecida a mulher para casar, ela acreditou que seria bom. Ouviu as tias, as primas já casadas, interessada, mais ainda quando elas encontravam um jeito de despachar Mavi, ainda muito menina para ouvir as lições de casamento, de ser dama na sala e mulher-dama na cama. Entre sorrisinhos de malícia e toalhas com monogramas, ela acreditou. Até fazer os votos. Até posar para fotos. Até jogar buquê. Ela acreditou. Por pouco tempo. A camisola do dia, bordada por todas, cada uma florzinha, cada uma um detalhe, bordada entre cafés e canções de amor no rádio, não só foi ignorada como quase rasgada. – Que bobagem isso de camisola! Não era assim que ela pensava que seria. Logo percebeu que brutezas e grosserias seriam constantes. Em menos de um ano carregava uma barriga enorme e uma desilusão maior ainda. Bordou os babadores, cada vez com menos entusiasmo, de tal forma que o quarto filho não teve nem uma peça de roupa com o nome dele bordado.

Quando Mavi casou repetiu-se o ritual: bordados, cafés e conselhos. Era a última dessa geração a casar. Mavi, a mais nova. Seria que viriam outras Marias? Magé só tinha meninos, já grandes. Mamar não tinha, pela idade nem viria a ter. Ela escutava as orientações das mulheres mais velhas com candura e atenção, mas mal elas sabiam que o noivado não tinha sido tão casto assim. Ela e o noivo se conheciam desde cedo, fazendas vizinhas e interesses do mesmo. Gostavam os dois de mato, de cavalos e sobremesas. As famílias tiveram gosto. Jovens não se falavam muito, mas se olhavam tanto. Deram para cavalgar juntos. Um dia, sem dizer palavra, sem anúncio ou pedido se atracaram no pasto, como faziam os cavalos. E como foi tudo diferente do que as mulheres da família diziam. E seguiram se falando pouco. E seguiram se agarrando muito. Um dia, sem ter nada combinado, ele disse, na roda das senhoras, no café da tarde, com um buquê de flores colhidas no caminho e sem aliança.
– Podem bordar mais um enxoval!

Para Magé, logo começaram, ou se revelaram, as infidelidades. Nunca seu marido fez muita questão de esconder, tampouco assumia ter qualquer mulher na rua, à Maria Angélica atribuía delírios e manias, negava com um cinismo raro, negava com provas óbvias, negava sem sequer álibis. A Maria Angélica chamava louca, logo, Magé, a sábia. Ela foi deixando de se importar. Deixou de se importar com as indelicadezas e até mesmo os desacatos fez que não viu. Em uma única vez que ele a agrediu com um soco no queixo, recebeu de volta um olhar duro e uma frase certeira com uma tesoura de costura em punho. – Levante de novo a mão para mim e

eu te corto o pescoço! Ele, ciente que não iria separar e temendo nunca mais dormir em paz, desculpou-se, pôs a culpa na bebida, culpou nervosos tantos, jurou até que a amava. Isso já não a comovia. Separar não era uma opção, então restava a encenação. E a inveja. Invejava a irmã viúva. Invejava a irmã artista.

    Maria lembrando de setembro passado, quando ainda Gustavo, quando ainda Lis não havia, pensou na imagem que o espelho, a ela e a irmã, hoje daria. Bunda, peito, barriga. Pelos, poros. Novos planos e carne viva. Sobre o vestidinho florido, vestiu ainda sua velha conhecida jaqueta jeans. Dobrando as mangas desnudou a minúscula tatuagem. A Orquídea azul no pulso tinha sido o primeiro passo. Sempre que precisasse lembrar-se de Maria lá estaria a Orquídea. A flor tatuada lhe servia de lembrança do seu ponto de mudança, marcou a data, foi rito de passagem, a florzinha no pulso foi mais que um primeiro soutien, primeiro sapato, primeiro batom. Não que precisasse de uma data para ser Maria, não lembrava de não ter sido. Apenas era. Maria.

    A notícia de noivado, assim de estampido, fez Mavi virar água. Nem era mais felicidade e nome para aquilo não tinha. Ia casar com seu amor, seu exímio cavaleiro, seu garanhão lusitano. Lindo, lindo, lindo. Seu pelo castanho. Lindo, lindo, lindo. Por mais que pensasse não achava as palavras. Lindo. Lindo. Lindo. Cabelos e crinas. Seus tons de cobre e açúcar queimado. Músculos. Suor. Lindo. Lindo. Lindo. Seu gosto de sal. Mavi amazona exímia. Mavi montava sem sela nem brida. Mavi amava o seu sorriso, que de tão branco estourava a luz nas fotos. Mavi amava sua voz, seu jeito de falar como quem acaba de acordar. Mavi amava suas mãos fortes, seus pelos, suas respirações. Correu e pulou nos braços. – Vamos casar? – Por mim casava hoje. – Espera só acabar de bordar o enxoval. Sentiu pena de Mamar, que beijava galãs, mas dormia sozinha, sentiu pena de Magé, que era rica, mas não sorria.

Quem um dia foi a grande Maria Margarida? As moças as vezes se perguntavam, eram tão jovens que nem eram mais dos tempos da TV, eram da internet e nunca tinham ouvido falar em vedetes. As moças, com suas *selfies* e *nudes*, não entendiam o que tinha sido um dia o mostrar de pernas. Não entendiam que a grande Maria Margarida, que em casa era Mamar, nunca usou um sobrenome, primeiro para não envergonhar a família e depois nunca teve nome de marido. Era apenas a grande M.M., mas não se enganem, moças novas, em achar que mesmo lá foi diferente. Foram ofensas tantas e baixezas torpes também sofridas. Foram choros engolidos, saltos quebrados, papéis perdidos, espelhos partidos, ofertas de cama e ofertas de vícios... Ela foi a grande M. M., mas só ela sabe o quanto foi difícil.

Maria Rosa empertigou-se e recebeu bem a dona que chegava enjoada da viagem. Estudo não tinha, mas educação não lhe faltava. Com a tia Mavi já velha e cheia de complicação, era dela a tarefa de hospedeira, pois há muito já era a cozinheira e a chefia de tudo. Olhou os pés da dona e ela calçava chinelas de dedo, usava calças jeans e não tirou os óculos escuros, mesmo dentro de casa, sem qualquer cerimônia, diria até sem compostura.

Rosa se sentiu ridícula em seu florido vestido e seus pés apertados. Limpou discretamente o batom e foi buscar um suco de caju para a visita que já se sentia em casa. Tirou o sapato.

– Que sentido tinha isso? Perguntou o namorado sobre o ritual do bordado. – Que sentido tinha essas bodas! Pensou em silêncio Maria Angélica. – Que sentido tinha amar assim as escondidas? Tentava entender Rosa. – Que sentido tem a vida? Foi trecho de algum texto dito por M.M. algum dia, em algum palco, em uma peça qualquer.

Comemorar cinquenta anos de suplício! Angélica nem sabia por que razão. No início disfarçavam para os sogros, depois para os filhos, netos, mesmo vizinhos eram levados em consideração. Ostentava para as irmãs também, uma de marido morto e outra sem nunca ter tido marido. Não se falavam as três, cada uma por seu motivo. Mas Angélica gostava de achar que elas a invejavam. Pois em público era a rica, a bem-casada, morava na casa mais bonita, viajava, tinha filhos e netos, esperava a primeira bisneta. Mostrava para elas que era feliz com seu marido e com a exemplar família que tinham construído. Em público até se chamavam de "meu bem". E o disfarce foi tanto que não sabiam mais quem eram. Os anos foram passando e viviam como fantasmas. Já não falavam de Mavi, não falavam de Mamar. Já não falavam um com o outro. Nunca falaram de si mesmos.

M.M. viveu grandes amores, teve amantes e protetores, mas casamento era fora de questão para ela. Nunca nem pensou nisso. Ou uma única vez hesitou. Dona Margaridinha, como era chamada ali sempre soube que na hora que cruzasse a porta de casa rumo aos palcos nunca voltaria. De triste foi deixar as irmãs ainda meninas, que eram tudo para ela. Mais ainda Mavi, que era quase que filha. Na foto antiga, Mamar está sentada, Mavi em seu colo, Magé em pé ao lado. Tiravam essa mesma foto por anos. De Mavi bebê até uma menininha. Em preto e branco. A mesma cara. As três irmãs Marias. Senhoritas Primavera. Em algum momento a sequência de fotos desandou. Como, às vezes, desandam as famílias. Como, às vezes, desandam os amores. Teve afilhados e protegidos, mas nunca filhos, legítimos ou ilegítimos. Acompanhou de longe os sobrinhos, o cunhado não a aceitava, achava que era mulher da vida, coisa que nunca fora. Em seus acertos, dinheiro não entrava, só afeto e entendimento. Dormia com quem queria e se em algum momento faltasse respeito, faltasse carinho ou faltasse desejo, saia de cena. Sempre por cima. Sempre sobre os saltos. Às vezes de amor sofria, mas sofrer aprisionada? Ah... Isso não era para ela. Nunca sentiu solidão, apreciava sua própria companhia. Uns sobrinhos visitaram alguma vez, mais por curiosidade da tia que um dia foi famosa que qualquer outra coisa, uma quis ver seus sapatos, a outra ouvir as histórias da família e o rapaz, o médico, queria coisa de parente médico. Mas tinham suas vidas lá fora, entre desfiles, enxovais e consultas, todos rareavam a presença.

– Rosinha, Rosinha... Disse baixo seu menino. No corredor grande da casa, um indo, o outro vindo, sussurrou no ouvido. – Entre nós não muda nada. Seremos como sempre fomos com nosso amor de madrugada. Vou te dar tudo, Rosinha, as chaves e o mando da casa. Rosa correu descalça sem saber se ria ou se chorava. Então, ele a queria para amásia? Secreta, escondida? Era assim tão sem valor? E a noiva? Que será que desses planos achava? Que ideia mais besta essa, meu deus! Pensou. Pensou. – Por que a gente não casa? – Tá doida? Mainha nunca aceitaria. Mas para a gente não muda nada. Não chorou, não era disso. – E a moça? – É nada, veja se ela iria morar aqui, no fim do mundo, aqui no mato? – E o noivado? – Quem falou em noivado? Namoro pouco, sem futuro, quando vi ela já estava no carro. Eu ia lá mandar descer? Pensou. Pensou. Que ideia mais besta essa!

– Tudo igual, como era antes? Tempo parado. Relógio ao contrário. Risco na folhinha apagado. Tudo como era antes. Tudo como sempre foi. Três irmãs Marias. Três flores. Três estrelas azuis em Orion. Três rumos tomaram. A bela, a sábia, a mais nova. Uma roda de bordado. Uma família. Café. Cochicho. Senhoritas Primavera. Margarida, Angélica, Violeta. A bela ganhou os palcos. A sábia soube casar. A mais nova amava cavalos e continuou toda vida a amar.

Hortênsia suspirava. – Não dá tempo... Corre... Hospital.... Lis nascia libriana. Lis nascia na chegada da primavera. Lis nascia em uma nova era. Hortênsia arfava. – Tá tudo pronto? Nunca estava. Sacola feita. Roupas passadas. Poxa! Tinha alugado roupa paras bodas. Ia perder a festa. Pensava no que ia comer mais do que em quem ia encontrar. Não ia ter paciência para perguntas. – Quem é o pai? – Mas por que não quer casar? Se até os avós se conformaram com o acerto inusitado, criar junto e morar separado? Hortênsia berrava. – Vem correndo...

– Tá na hora.... – Tá na hora de contar! – Tá na hora de esquecer! – Tá na hora de descer! – Tá na hora de gravar! – Tá na hora!

Maria, acostumada a levar uma vida calada, calçava sapatos da irmã a portas fechadas, nem com ela se abria. A irmã esperava um bebê, mais uma menina, gostaria de ser a madrinha, mas não falou nada. Vinha de uma família de tabus, que até hoje condenava mulheres separadas, solteiras grávidas, gays de modo geral. Esperou fazer 18 anos para tatuar no estreito pulso o símbolo de sua feminilidade. Era uma perfeita ocasião, iria estudar em outra cidade, conhecer gente nova, se conhecer de outro jeito. Trouxe bagagem pequena, calças jeans e camisetas, sua jaqueta inseparável. Ainda não tinha vestidos. Com o tempo seu corpo mudava e Maria, assim como a orquídea, desabrochava.

Em frente ao espelho, finalizando a arrumação do arranjo da cabeça, Angélica lembrou das irmãs. – Que louca que foi Mamar! Que puta que foi Mavi! Quando ainda era Magé sofreu a decepção maior da vida. Sua irmã caçula, Mavi, a quem tanto amava, desde a partida de Mamar, sua daminha de honra, sua irmãzinha amazona, Mavi, a mais nova, se engraçava para o cunhado, ele mesmo lhe contara. – Uma estranha até vá lá, mas irmã?

Dentro de casa? Isso não era traição que se perdoasse. – Mas é cafona esse chapeuzinho! Pensou, mas não disse. Como não disse um dia ao marido que a história com Mavi era estranha. Como ela podia ter dado em cima dele, onde e quando? Que foi ele fazer na casa dela? Quando? Pensou, mas não disse. Como não disse a mãe, que também foi Maria, que muito ela sofria. Como não disse aos filhos que o pai era um canalha. Como não disse a neta que por barriga não precisava se casar... Como não disse ao neto que o amava. Como nada ela dizia.

Antes do jantar ele comentou. – Mainha, Rosinha, estou voltando ainda esse ano, boto aqui meu consultório, a casa é grande, dá para tudo. Rosa arregalou o olho. – Era essa a ideia? Pensou, pensou. Ele, ela, a madrinha e a moça correram a casa a planejar. Rosa foi mandando e desmandando, onde seria a recepção, a sala de esperar, o consultório do doutor, decidiu derrubar parede para um banheiro ficar exclusivo do consultório, determinou horário e modo de trabalhar. – Tu não atende depois das cinco e ninguém fica sem pagar. Da contabilidade eu cuido, tu não tem cabeça para isso. A moça da cidade entediou-se e nada disse, nem pareceu se animar.

E a cidade grande trouxe para Maria, a menina da tatuagem de orquídea, uma liberdade nunca experimentada. Experimentou vestidinhos de flor, blusas decotadas, batinhas e até biquíni ousou. Pelos nunca teve, cabelos longos há muito tempo. Magreza e androginia. Hormônios. Terapia. Já tinha até carteira de identidade, lá escrito Maria. Como era livre na cidade. Os seios cresciam, as ancas avolumavam e era tempo, ela sabia, de contar aos pais.

Com peitos assim não era mais capaz de disfarçar. E o sorriso não negava como estava feliz e plena. E Hortênsia que não ligava? E a mãe que não chegava? E o pai que não a entendia?

– Coragem! Coragem para perdoar. Coragem para contar. Coragem para esquecer. Coragem para separar. Coragem para parir. Coragem para aceitar. Coragem para abandonar. Coragem para só ser.

Maria Angélica tentou ser quem sabia que era, ele nunca permitiu. Minou lhe forças, desacreditou lhe sonhos, vingou-se da ameaça da tesoura com frases aqui e ali: "Para que isso?", "Você não vai entender!", "Eu que pago!", "Você não sabe!", "Com essa roupa?", "Você não está bem!", "Vermelho é cor de piranha!", "Você vai sair assim?", "Porque não quero!", "Mulher minha não...". O pior foi quando ele já nem precisava dizer as frases grades, ela já as internalizara. Ela sozinha se proibia, sozinha se calava. Hoje, ele dela dependia para tudo, como um dia ela dependera. Ela, discretamente, o tratava bem mal, como um dia ele a tratara sem sequer disfarçar. Como ele um dia disse que ela delirava, ela agora dizia que ele desvairava. Ao longo dos dias, ele cochilava, ela bordava coisinhas de bebês. Ele mal lembrava dos filhos, ela lembrava de toda a família até quatro gerações. Ele nada fazia, ela nadava e fazia pilates. Os dois tinham em comum a certeza que tudo tinha sido um erro. Desde o primeiro dia. Mas os netos achavam o máximo uma festa de bodas de ouro. Como um dia acharam os filhos das bodas de prata e os pais das bodas de papel.

M.M. queria liberdade... Pois foi livre para não ir às festas de família, aos casamentos, aos batizados e até mesmo aos enterros. Foi livre para não ir a eventos sociais, a encontros de senhoras e chás de caridade. Foi livre, não para ir onde quisesse, mas para ir, ou não, onde a quisessem. E quando surgiram as festas de *tupperware*, deu graças a deus por não fazer parte daquilo. Custou caro renunciar a hipocrisia, mas nunca houve um dia de arrependimento, quando lembrava das farsas encenadas, dos ditos pelos não ditos, das matronas enjauladas, dos sorrisos abafando lágrimas. Houve, uma única vez uma dúvida. Numa longa temporada amou um ator, enfrentavam-se em cena: ela, Titânia, ele, Oberon. Levavam "Sonhos de uma noite de verão" em montagem de luxo. Amavam-se em camarins, em cenários, em coxias. O espetáculo viajava e em algum momento começaram a dormir juntos na estrada. Ele, Rei dos Elfos, ela Rainha das Fadas.

Corrido o jantar de boas-vindas à moça, onde Rosa se esmerara, frango, carne e peixe, todos os talheres do faqueiro, milhões de ideias lhe corriam. Pensamentos inquietos, contabilidades de afetos, cabeça em turbilhão. Era agregada da tia e por toda a vida sonhara com casa sua, com homem seu, com vida sua. Pensou. Pensou. O jantar foi quase só os dois. A madrinha andava tendo uns alheamentos, coisa do açúcar alto ou intencional, e a moça era uma mosca morta, mal comeu, mal falou. Eram só os dois ali, como sempre foram. Riam. Riam de piadas próprias, tinham tanto o que falar. Falaram em cochichos da festa que perdiam, as irmãs não se davam e eles respeitavam sem nem saber o motivo.

Mamar nunca podia esquecer que um dia o cunhado, aquele que a reprovava, deu de aparecer solícito. Se ela não precisava de alguma ajuda, já que não era casada, se não precisava de quem lhe carregasse peso ou lhe desse uma mesada. M.M. respondeu que dinheiro ela ganhava e se precisasse de serviço de homem ela mesma contratava, se quisesse um pedreiro, eletricista, encanador... Coisas que ele não era, mas já que viera a sua casa que levasse uns brinquedos pros meninos. – Achei lindos esses bonecos, pintados à mão, cada um com uma profissão, e olha a riqueza dos detalhes, das coisinhas que vem junto... – Filho meu de boneco não brinca, isso é coisa lá para seus veados...

Dona Maria Angélica pediu às muitas senhoras, inclusive noras, que a deixassem a sós. Gostaria de fazer uma oração em silêncio. – A sós! Sim, estou bem. Não, não quero água. Obrigada. Saiam. Pediu que apenas a empregada ficasse. As netas ciumaram. Mas a festa já começava e em segundos esqueceram da avó e suas manias. Era como o avô falava, suas manias. – Essa velha tá gagá, cheia de manias, mania de ver coisa onde não tem. Dizia dela muito antes de ser velha. Dizia dela gorda, ainda que nem fosse. Dizia dela incapaz. – Mulher! E ainda a chamava por apelidos, fingindo carinho, mas de pura depreciação. O marido tinha uma estratégia cruel, dizia absurdos como se fosse piada e desdizia logo depois. Fazia discursos, depois de uns uísques, onde a exaltava. Batia no peito e dizia – Minha mulher... Meus filhos... E quem não o conhecesse muito se impressionaria com tanto afeto, tanto orgulho. Bradava alto – Minha família!!!!

Maria se olhava no espelho, quanta mudança, quanta coragem de ser quem era. Hortênsia já sabia e aceitava, na verdade já imaginava, mas volta e meia a chamava como antes. Quem sabe um dia? A mãe intuía, mas saber certo, não sabia. As poucas conversas que tiveram por metáforas e evasões se mantiveram. A mãe achava que era confusão de adolescência, que um dia passaria. Mas o pai... Sabia que seria difícil para ele e nem o condenava, entendia quem ele era, homem rude e sem meios termos. Amigos não entendiam como ela podiam entender o pai. Maria entendia. Se ela mesma, um dia, se estranhara. O pai tinha puxado ao pai, isso só já esclarecia. Criados aos gritos constantes do avô, os filhos de Angélica eram iguais, gritavam sempre e nunca ouviam. – Tira esse menino da barra da saia! – Larga esses panos, isso é coisa de menina! – Mariquinha! – Precisa levar esse menino no brega! Frases soltas eventuais. Pior que isso os olhares. Olhares de reprovação constantes. Sempre sentiu os olhares pesados do avô para o pai por conta de seu jeito... Jeito de mulherzinha. Olho que exigia explicação. O pai não podia explicar porque também não entendia. A avó a olhava com apreensão. – Mais um a desvirtuar nessa família? Se pelo menos não tivesse esse jeito... O olho a apavorava. Seu medo maior era ficar como a velha tia Mamar, esquecida em um asilo, abandonada pela família, apenas por ser como "não devia". – Sou mulher! Era a certeza que Maria tinha.

Hoje em dia, visitavam Margarida estudantes de teatro, as vezes jornalistas, gente que pesquisava. O que era uma pesquisa meio inútil, pois de sua memória poderia sair textos inteiros ou absolutamente nada. Por vezes, eram de uma riqueza sem par, com nomes de todos, datas, conexões entre o que acontecia no mundo, qual era o dinheiro na época. Outras vezes só das canções lembrava. E das irmãs. Mas as visitas nem sempre vinham e muitas vezes ela não se importava. Mas vestia-se com rigor e esmero, calçava seus antigos saltos e floria-se. Já passava do horário e nada de ninguém. – "Flor-de-ervilha, Teia-de-aranha, Grão-de-Mostarda, Falena, fadas, onde está o Rei dos Elfos?" Dele também não esquecia. Viveram um grande romance, desses de sair na revista. E saiam com frequência, até que um dia ele a cortou numa entrevista, deu resposta por ela, algumas vezes a calou. Logo começaram os nãos. – Figurino transparente? Não! Olhava seu astro em cena, tão forte, tão garboso, torso nu, folhagem e purpurina. Ainda hesitou. – Vai ensaiar até tarde? Não! A temporada ia acabar, olhava assim uma última vez, adeus Rei do Elfos. Ia aceitar convite para novela, ficar uns meses no Rio, papel bom. – Par romântico? Tem beijo! Não! M.M. entendeu que esse era o ensaio da peça por vir. Muitos nãos. Segundo plano. Coadjuvante. Puppet. Mera figuração. – Não! Hesitou, mas, não, não, antes do fim do ato decidiu. Não. – Adeus, meu Oberon.

– Nada ainda? Maria esperava a mãe. Hortênsia esperava a filha. Rosa esperava o amor de sua vida. Nada ainda.

Ainda no *closet*, Magé lembrou de Mavi. Lembrou de Mamar. As irmãs há muito tinham sido tiradas dos porta-retratos. Mamar pelo pai. Mavi pelo marido. – Como a gente é estúpido, meu deus! Era sempre que lembrava delas. Teve dias de lembrar com rancor. Teve dias de vergonha. Hoje era saudade. Hoje era só mesmo uma saudade funda e a certeza que sem elas nunca mais ela seria Magé. Mas tinha Mavi que ter cobiçado seu marido? Quando ele lhe contou dos avanços da irmã, ela nem pôde acreditar. – Mavi??? Como Mavi???? Duas semanas depois foi a vez da irmã lhe contar. História mesma, mas simétrica inversa. De Mavi ouviu que ele a importunava. Dele ouviu que fora ela. Ela disse que ela nunca. Ele disse que ele jamais. E foi fofoca. Foi bate-boca. Foi contenda. Discussão. – Se ainda tivesse sido Mamar? Que era notória vagabunda, até vá lá... Mas Mavi? E aquela loucura toda pelo marido? Como a gente conhece pouco as pessoas!

Contando tempo entre contrações, Hortênsia queria a mãe ali. Pelo horário, ainda não teria ido à festa, devia ainda estar com Gustavo. Era hoje, ela sabia. E a gravidez toda passava em flashes. Enjoos muitos. Reuniões tantas. Audiências e sonolências. As primas eufóricas, era a primeira neta, a primeira bisneta. Gritaram quando souberam menina! – Vai chamar Maria! – Vai chamar Maria!!!! – Senhorita Primavera! Hortênsia esperou sermão da avó, carão do avô. Eles nada disseram. Hortênsia estranhou um dia que o pai lhe sorriu, abraçou a barriga e disse: – Olhe o vovô! Não tinha sido um pai de abraços. Nem marido de afetos. Foi apenas e sempre um filho de medos. Será que a gente, um dia, vai mudando, virando outro. Será que a gente é desde sempre quem vai ser? Hortênsia pensou se não estava esquecendo nada. – Liga para Gustavo. Tá na agenda. Como não tá na agenda? Veja aí se tem Maria... Gritava, talvez mais raivosa pelos hormônios que pela dor que sentia.

Mais café. Licor feito em casa. Rosa pedia notícias de todos. – Como tá a tia Angélica? – Festança hoje, hein? – Que é dos primos, que é das primas? Que é de Verbena? Que é de Açucena? Que é de Dalinha? Arrodeava para perguntar, mas nem como ela sabia. – Que é de Gustavo? – Maria! Tinham ficado muito próximos quando o primo pediu ajuda para desencavar uns livros de bordados e cortes de costura velhos, preciosidades da família. Rosa notou um quê de feminino e nem muito se importou, era tão educado e inteligente, e ela se encantava em ouvir os planos da confecção, do *site*, das modelos, do glamour. E mais que tudo, nunca antes tinha se sentido tão importante, era assim como uma consultora da grife Maria Orquídea. Deu até opinião. – Retrô! – Hum... sei.... retrô. Não sabia, claro, mas fez que sim.

– Moda retrô. A logomarca com a orquídea estampava cards e etiquetas. Esparramava pela mesa. Contratos e panfletos. Três tons de azul, bem escolhidos. Como queria mostrar a mãe suas conquistas. A mãe vinha de visita, pela primeira vez, depois de tempos. Parecia que a evitava, pois se fez necessário bodas de ouro da sogra e parto da filha mais velha para vir a cidade. Maria tinha decidido não ir à festa. – Como não vai? – Como vai faltar as bodas da sua avó? – As bodas da sua avó! Queria falar com a mãe antes, pediu que viesse a sua casa. Ainda não se sentia preparada para eventos familiares. Maria tentava falar ao telefone, mas a conversa escorria. Era agora ou não era? Olhou seu vestido de florzinha, brinco nas duas orelhas, seu salto de boneca, cabelo solto e batom. Sentiu em seu corpo gritar a primavera. Olhou pelo olho mágico a mãe, já vestida para a festa, ela estava bem, estava

bonita, a mãe, ela que ultimamente se queixava tanto de cansaço e de calores. – É agora! Esperava a mãe na porta e a irmã no celular. Não se sentia preparada nem para baile e nem para hospital.

Rosa falava do bebê por chegar. Bordara pagãozinhos, coloridos que Hortênsia pediu, a prima achava essa coisa de rosa e azul cafona. Antes os amarelinhos, os laranjas, os lilases, os verdinhos-água. Explicaram para moça que a bebê era filha de Maria Hortênsia, que era neta de Maria Angélica, que era irmã de Maria Violeta e de Maria Margarida. – Por falar nisso, como ela tá? – Tá na mesma...tem dias que lembra, tem dias esquecida. Mas se sente bem. A turma da clínica se diverte com ela. Todo dia tem uma peça. A moça não acompanhava, eram tantas as Marias. – Como é que mainha tá? – Comendo doce sem poder, faz só o que quer, esses dias resolveu montar Évora no meio da noite, tu precisa me ajudar. – Vou sim, deixa estar. – E Hortênsia? – Tá enorme! Para qualquer hora a partir de agora. – Mais uma Mariazinha vai chegar. – Tem mais uma Maria... – Dessas coisas não entendo. Não tenho preconceito... Mas entender, não entendo. A moça da cidade não entendia como era possível, mais uma a se chamar Maria... E era tanto que ela não entenderia... – Quem entenderia?

– Tão jovem! – Infarto fulminante. Mavi preferiu ficar só na fazenda, com o filho e seus cavalos. Criou um mundo imaginário, onde seu cavaleiro não tinha morrido. Onde sua irmã não tinha duvidado de sua palavra para acreditar no marido. Onde doces não eram proibidos. Bastava sentir o vento na cara, num galope etéreo, que ela tinha de volta seu puro sangue lusitano. Fechava os olhos e sentia sua crina macia, visualizava o castanho acobreado, acariciava seu pelo úmido, sua musculatura densa, seu amor. Violeta acreditava que ele estava ali com ela. Cavalgava em transe no escuro da noite. A mais nova amava cavalos e continuou toda vida a amar.

  Flertando ao espelho M.M. declamava. – "Canta outra vez, gentil mortal, te peço. Tua voz os ouvidos me enamora, como o teu corpo os olhos me arrebata. E de tal modo a tua formosura me enleva e me comove, que eu proclamo, sem mais desculpas procurar, que te amo." Palmas. Todos adoravam assistir a velha dama, mas a família nem parecia se importar. Ela falava das irmãs, de quando eram meninas, as Senhoritas Primavera, que ela, Margarida – Mamar era a bela, de uma beleza sem par, que Angélica – Magé era a sábia, por ser séria e ajuizada, velha desde criança, e, por ainda não ser nada, Violeta – Mavi era a mais nova. Elas nunca tinham vindo visitar. A sobrinha-neta grávida, que costumava se importar em ligar para saber da estrela, com a proximidade do parto desaparecera. O outro rapaz, um que era médico tinha viajado, parece que ia montar consultório no interior. A menina que era estilista e vestia umas roupas estranhas, a que fotografava os velhos sapatos da diva, a da loja de internet, a da tatuagem de florzinha, fazia uns tempos que não aparecia... A esperança eram esses artistas universitários. Já, já acaba o horário de visitas...

  Como é demorada a espera, passe o tempo que passar. Esperam as Marias, cada uma com sua dor, cada uma com seu penar. Se espera nove meses, se

espera cinquenta anos, se espera vida toda. A vida é um eterno esperar. Dobra e desdobra a mantinha, calça e descalça sapatos, arruma a bagunça, ajeita o chapéu, retoca maquiagem, assovia e chama o cavalo. Três irmãs Marias. A bela ganhou os palcos. A sábia soube casar. A mais nova amava cavalos e continuou toda vida a amar.

Assim que todas saíram, Angélica sem dizer palavra, levantou-se e apoiada na cúmplice tirou a meia-calça, pediu um cigarro e a caixa. A caixa guardada em segredo. A caixa de sapatos. Dela tirou saltos altos vermelho escândalo. Angélica usava saltos vermelhos em segredo. Em segredo ela era quem era. Em segredo. O vestido era longo. Cobria. Escondia. Camuflava. As florezinhas cor de rosa-chá na barra do vestido compactuavam com os saltos vermelho vivo, tiras finas, devassos, dedos livres, ousados. E muito no fundo se sentia vingada. Tinha acostumado a ter esses triunfos. Dava ao marido soníferos. Trocava seus remédios. Vez por outra cuspia no seu café. Como são preciosos os ritos.

Rosa fez o prato do seu menino, como sempre ela fazia, sabia a ordem e disposição, ela o criara cheio de mimo e ele do dengo se aprazia. Pensou mais um tanto. Trouxe um xale para madrinha, o bordado a fios de ouro. Soltou os cachorros no pátio. Aferrolhou a porta. Com duas qualidades de sobremesa na mesa, ordem da tia diabética, de fruta e chocolate, a planejar com seu menino o consultório, cores e decoração, Rosa decidiu. Já que amor é bicho doido, que corre desembestado, com destino certo ao precipício. Se amor não vê vergonha, não sente humilhação, não preza por decoro, tampouco por discrição. Sendo amor o que sentia, Rosa volta ao quarto e põe o sapato alto, refaz o batom, olha com bravura o espelho e pensa no tecido florido. – Que bom gosto que ele tem! Voltam na mente os anos passados e escolhe os anos por vir.

– Amor lá é coisa que se explique? Podia dizer Rosa do seu amor oculto de madrugada. Ou Mavi de seu amor em galopes e sem palavras. Podia dizer Hortênsia de seu amor livre e de casas separadas. E que podia dizer Maria que ainda ninguém amava? Ou Angélica que não mais amava? Ou que Mamar preferiu um dia amar a si? Amor lá é coisa que se explique?

Se para toda menina crescer é uma luta, corpo que muda, medos que tem, para Maria seria uma guerra, batalha pós batalha: corpo, nome, romance, documentos, família... A escolha da singela florzinha tatuada no pulso, cobrindo a cicatriz, sobre a qual não se falava, entre outros silêncios, podia parecer em seus azuis suaves e formas delicadas um libelo ao feminino, mas para Maria era justamente o contrário, aos treze anos tinha lido em qualquer lugar que "orquídea" deriva da palavra grega *órkhis* que significa "em forma de testículos". Sob a aparência de contradições ela era o que era, uma mulher com testículos.

Hortênsia urrava. Como não tinham lhe dito que seria assim? Tinham dito. Mas só vivendo para saber. Arrependeu-se de bater pé firme pelo parto natural, arrependeu-se da gravidez, arrependeu-se de ser mulher. Será que tia Mavi se arrependeu de ter sido casada para

depois ficar viúva? Será que tia Mamar se arrependeu de ser famosa para um dia ser esquecida? Será que vó Angélica de alguma coisa se arrependia?

Rosa volta a sala e serve mais café, se apressa para passar na frente da moça da cidade e entregar a ele a xicrinha, mas ela nem se mexeu, vinha de casa onde cada um que pegue seu café. Dá ordem a empregada, oferece licor, sente que a casa era sua desde muito e sempre. Ele era dela e ela dele. Sorri cumplicidade. E numa quina da sala, a salvo das vistas e de suspeitas, sente a mão dele a lhe subir pelas pernas por baixo do vestido florido, treme um pouco nos sapatos de salto, e em discreto comando diz com voz baixa, mas segura. – Vou ligar para tia, dar parabéns pelas bodas. Será que sabe de Hortênsia? É só o tempo de tu se ajeitar. Deixe que durma a moça, a porta do quarto está aberta, como sempre esteve, meu amor.

Maria Angélica tomaria champanhe na festa? Não tinha muito o que comemorar, mas já estava pago pelo consórcio dos filhos, os que podiam, claro. Ajeitou a barra rosa-chá sobre os sapatos rubi, disfarçar o salto. Pediu um pouco de perfume, disfarçar o cigarro. Disfarçava bem. Preparou o sorriso suave, disfarçar a farsa das bodas. Altiva. Plácida. Serena. Sábia. A sábia soube casar. – Vamos! Quando o telefone tocou. Era o namorado de Hortência que avisava que não iriam à festa pois a pequena Lis estava por chegar.

Caiu a noite e a enfermeira teve vergonha de contar a Dona Margaridinha, que mais cedo, os jovens atores, que pesquisavam para um trabalho da faculdade, tinham ligado para desmarcar. Pois tinham encontrado de tudo na Wikipedia, tinham foto, tinham até vídeo. Pediram a enfermeira para tirar umas fotos e enviar por *whatsapp*, tinham desistido da *live* com a velha atriz, iam fazer só um *powerpoint* para apresentar o trabalho: "A bela ganhou os palcos". M.M. não pareceu se importar. Seguiu com seus monólogos; Titânia, Blanche, Margueritte Gautier, Cleópatra, seu Oberon tinha sido seu Marco Antônio também. – "Dá-me o manto; coloca-me a coroa. Anseios imortais em mim se agitam. Nunca jamais há de molhar-me os lábios o líquido de nossa vinha egípcia. Parece que ouço meu Antônio me chamar." Apenas muito tempo depois notaram que ela já não se importaria mais com nada.

E Rosa, numa passagem rápida pelo espelho da cristaleira, florida e elevada, se sente linda, pela primeira vez na vida. Seu menino tinha planos, loucos, insanos, viveriam a melhor parte, viveriam só de amor. O resto, papel, padre, juiz, era bobagem, no que Rosa concordou. Mavi calça as botas de montar, assovia e Évora vem, sem sela e sem brida, somem no escuro. Maria sorri para si no espelho. – Veja, mãe, essa é quem sou. A campainha tocou. Abraçou a mãe antes que ela pudesse falar. O abraço na soleira da porta durou o tempo do choro da mãe. O espanto durou mais. – O que foi isso, meu filho? E Doutor encegueirado pela prima-seu-amor não reparou na mensagem da enfermeira a avisar que Maria Margarida partira dessa para melhor. M.M. partiu, vestida a rigor e calçada de flores. O espelho de Mamar caído no chão. – Avisa a família! Rosa, agarrada a Doutor, não se preocupou em olhar o celular, se ele estava ali quem poderia ligar??? Violeta, sob o sereno, abraça seu gara-

nhão castanho, lindo, lindo, lindo. Rosa decide pelo amor. A casa uma paz. Hortênsia já cansada de gritar. O baile lindo. – Como tá bonita a festa. – Como foi isso? – Nada não, só parou de respirar, partiu dormindo. – Dilatação 10 centímetros! Maria olhou a orquídea no pulso, olhou o salto nos pés, olhou nos olhos da mãe e respirou todo ar do mundo. – Mãe, entra, a gente precisa conversar, meu nome agora é Maria. Nisso...O telefone tocou!!!!! - Lis chegou! Lis chegou! Se abraçaram gritando: Lis chegou!

E chegou mais uma menina, mais uma Maria. Seguiria a sina? A bisa bordou num sapatinho uma flor de Lis, Rosa uma manta de florzinhas amarelas, Mavi touquinhas de crochê, Maria desenhou decoração pro quarto, com abelhas e joaninhas, Mamar tricotou casaquinhos, de outras primas vieram vestidinhos, fraldas, babadores, um enxoval fresco de primavera e multicor. A cada ponto uma certeza, mais que isso uma promessa. Que Lis fosse quem ela quisesse. Que Lis fosse como quisesse. Que amasse quem quisesse. Que vestisse o que quisesse. Que ela fosse Maria Lis apenas.

Que não aceitasse ofensa para salvar casamento, ponto cruz, que não precisasse segredo para preservar seu amor, amarelinho, caseado, que fosse estrela de cinema, laçada, fosse doutora, fosse modista; ponto atrás, lilás, que fosse astronauta também, fosse caso de astronauta querer ser, ponto cheio. Joaninha. Que fosse linda ou fosse feia, ainda assim amasse seu espelho. Cor-de-rosa. Nasceu! Menina! Três quilos e seiscentos. Mais que tudo que as Marias pensassem, que Lis fosse feliz. Narizinho, boquinha, covinha. Mesmos olhos. Uma menina linda! Depois de tantas Marias, tudo teria valido a pena, para Maria Lis tudo seria diferente.

Era primavera!

Honra

Adelaide em casa esperando a carta. Emerenciana na cama esperando a morte. Dulcina na estação esperando Pedro. Sônia na varanda esperando o noivo da filha. Adelaide e a amiga Galega lembram o passado. Emerenciana se confessa ao padre. Dulcina conversa com uma desconhecida na estação de trem de Figueiras. Sônia espera olhando a porta a cada cinco minutos. Adelaide espera notícias. Ciana espera absolvição. Du espera o trem que se atrasa.

Adelaide em casa esperando a carta. – Suba aí, Galega, tô de castigo aqui esperando o correio, a carta da vó de Pedro. Fica aqui comigo, vou passar um café enquanto espero.

Nunca, em mais de vinte anos, eles tinham interrompido essa correspondência. As cartas eram a única certeza que ele tinha na vida. Certo, uma vez por semana, às vezes, quando de alguma novidade mais que isso, nunca menos. Tinha virado um vício, escrever e ler semanalmente a vida. Pedro vivia nas cartas.

Acendendo um cigarro no outro, conversando com a mulher à frente, Adelaide tirava um esmalte escuro das unhas e ia borrando de vermelho a ponta dos dedos, passava outra camada e com um palitinho fino de madeira ia meticulosamente limpando os cantinhos. – Cutículas! Ela tinha ensinado pra ele um dia, era uma dessas palavras que só as mulheres usam. Soprava uma por uma e ficava contemplando, depois disso passava uma meia hora pegando as coisas com os dedos em pinça. Mais tarde esquecia das unhas recém feitas e a lida dos

pratos e copos na pia estragavam o minucioso trabalho, que seria refeito sexta-feira, depois do almoço. Sem falta! Assim como era sem falta a carta da avó de Pedro. – Pois é Galega, Pedro saiu de Figueiras aos dezessete anos e lá se vai o tempo. Nunca voltou lá, mas a promessa das cartas feita na estação foi mantida religiosamente.

Um dia no passado de Pedro, na estação de trem de Figueiras. – Me escreve, Pedro, que prometo te escrever também. Conte tudo pra sua avó, eu te escuto e aconselho. Pode me falar de tudo, na minha idade nada mais espanta. Deus te acompanhe e ilumine o teu caminho. Um beijo seco e uma tentativa de disfarçar a lágrima. Dona Emerenciana era dura. Não gostava de demonstrações tolas de afeto. Mimo estraga. O neto ia estudar em São Paulo. A primeira carta escreveu na estrada.

– Que... Nunca chegou a São Paulo, parou em Salvador e por aqui ficou. Agora a carta que não chega. – Será que tá doente? Hein, Samanta? – Ai! Galega, não me chame de Samanta. Samanta tinha um riso largo, com todos os dentes e eu tenho esse arremedo na boca, antes que você diga que ficou bem feito, uma obra de arte do Dr. Anísio, eu lhe digo, ficou tão bem feito que destoa. Não combina com o resto da carcaça. Esse piano aqui, é mais a dentadura da Barbie face. Lembra daquela boneca da cabeçona? Não lembrava. Jogou a ponta do cigarro pela janela. – Samanta sabia as danças da moda e eu morro de vergonha só de olhar pra essas danças de hoje. Nunca, em canto nenhum que eu andei, nunca vi tanta sem-vergonhice, até criança de quatro ano dança isso, depois acontece as coisa e não se sabe por quê.

Acende outro cigarro, ela passa uma demão de óleo secante. – Samanta era fresca, às cinco da manhã depois de uma noite daquelas, parecia que tinha saído do banho, da propaganda de sabonete, e eu vivo nesse calor do inferno, um pudim de banha suada, velha, gasta. Sacode a ponta dos dedos. – E vou te chamar de quê, criatura? – Me chame de Adelaide, que é meu nome mesmo, ou de Dedé, Dona Dedé, não é engraçado? Dona Dedé... Não é assim que os meninos do prédio me chamam? Ai, a primeira vez que me chamaram de dona, eu quis morrer. É quando a gente toma ciência que tá envelhecendo. Dona... Minha tia.... A senhora... Vixe! Depois a gente se acostuma. – Tinha graça te chamar de Dedé!

Sônia esperava olhando a porta a cada cinco minutos, jantar às oito, pontualmente. A ansiedade lhe fazia lembrar de uma metáfora americana, *butterflies in the stomach*, nunca tinha compreendido com tanta clareza o sentido da expressão. Pensou em tomar um uísque, mas teve medo que um relaxamento excessivo pudesse, de alguma maneira, prejudicar a ordem do jantar. Ela era a anfitriã. A esta altura da vida uma anfitriã sofisticada, desenvolta, tendo já recebido chefes de estado, embaixadores, artistas de cinema. – Ai, Detinha, lembro da primeira vez em que exerci essa ingrata função de hostess, infame na estreia, bebi além da conta, de tão nervosa, tremia e placas vermelhas se espalharam por meu pescoço, denunciando a falta de experiência e traquejo. Coloque ali as flores, Detinha. Está ótimo assim. Ah, mas com o tempo se aprende, ah como se aprende. Hoje sei nomes de vinhos, combinações, sobremesas, *sousplat, menu, RSVP,* lido bem com mariscos, talheres,

sequência de copos, contorno de gafes, arranjo de flores, e toda a parafernália necessária para o sucesso de um evento. Essa minha habilidade foi fundamental para o nosso desenvolvimento. Agora, meu deus, de que me vale esse conhecimento? Não estou preparada para este jantar.

Dulcina esperando Pedro na estação. Du pensava em quando o carteiro chegou, em meio a contas e panfletos. Uma carta. No envelope um nome já nas cinzas da memória: Dulcina. Adelaide comentou – A carta de Dulcina, ao contrário das cartas da avó era mais um telegrama. Tão falante, Du foi econômica na carta. Dizia apenas: – Pedro, volte, Ciana não demora muito. Pedro sentiu saudade de Du, tinha esquecido de quanto a amava. Deu um arrepio só de pensar em voltar àquela casa. A casa da vó era de uma austeridade angustiante. As paredes eram brancas, os lençóis brancos, a louça branca. Hoje Pedro entendia que era uma casa excelente, espaçosa, ventilada, sólida, seu único porém era a ausência de qualquer frivolidade. Nenhum quadro na parede, nenhuma flor num jarro, sem enfeites, sem bibelôs. Para ele aquela casa foi uma verdadeira prisão. Achava a casa feia, pobre. Nessa época ainda não sabia o que era pobreza. Du era responsável pelas poucas cores da infância de Pedro.

– Esquece Samanta, Galega. Ela tá morta, enterrada, carpida e esquecida. A carta chega já, vai ver é o correio. Galega abandonou a conversa, sabia que Samanta, ou Adelaide como agora ela insistia em ser chamada, não mudaria o tom. Estava num dos seus momentos de abismo, eram raros, mas tão profundos e escuros que era melhor deixar passar. Samanta sofria a perda da juventude como quem chora o amante morto. Despedia-se diariamente de sua beleza de outrora, contando e recontando o dinheiro da plástica. Desde que magreza virou moda, que Samanta economizava. Sucessivamente desinteirando o que faltava para qualquer coisa da casa e voltando a inteirar, nunca era suficiente e as contas eram tantas, eram tantas as emergências, os aniversários, as pequenas surpresas, tantos sobrinhos, a amiga devendo a agiota, o aborto da prima, a última parcela, o brinco penhorado, o dentista... Pedro desconfiava que por diversas vezes este dinheiro esteve nas mãos e que Samanta deliberadamente adiou o seu sonho. Feliz mais na espera. Talvez ela soubesse, muito no fundo, que cirurgia nenhuma traria de volta o brilho do olho, pra isso ainda não tinham inventado nada.

Alguns dias antes na casa de Sônia. – Mas eu nem sabia que você tinha um namorado... – Como não sabia? Já tem quase um ano... – Mas Tatiana, você nunca me falou dele... Nunca disse... – Sem drama, mãe! Tô falando agora.

Ciana conversando com o padre. – Que passatempo tolo é esperar a morte. Ciente que é certa. Não atrasa nem adianta. Vem certa. Mas pelo menos me deu tempo de organizar meu fim. Não deixe, padre, que façam nada diferente. O senhor promete? Quero que seja assim, acho que tenho esse direito. O que não couber no caixão, toquem fogo. Vai pra terra comigo, tudo que foi meu. Se alguma coisa tivesse valor, até venderia pra pagar o enterro, a cachaça que esse povo vem beber. Não peçam nada a Pedro. A esposa dele é rica, gente de bem, não quero que pense que a família dele não pode nem pagar por seus mortos. Tenho umas economias aqui, deve dar. Não quero nada de luxo. Vou morrer como vivi, de maneira simples, mas, honrada.

Sônia ansiosa. – Que horas já são, Detinha? – Quase Oito, D.Sônia. – Daqui a alguns instantes, ele vai chegar. O que vou dizer? Devo ser polida. Sem dúvida. Sei ser polida por mais que me desçam na garganta espinhos. – Boa noite. Tão simples. Calma Sônia. – Boa noite, como vai? Regra número 1 – Sorriso. Regra número 2 – Cautela. Regra número 3... Campainha toca. – Detinha vê a porta pra mim. O rapaz é pontual. Nada mal. Não é ele. – Oi mãe, cadê? Já chegou? – Ainda não, filho. Meu deus, como se parece com o pai. Tatiana está atrasada. Já deveria estar pronta para receber seus convidados. Em especial: ele, o rapaz escolhido. Meu estômago revirava, ai as borboletas. O que eu vou dizer?

Emerenciana recorda. – O Capitão não chegou a conhecer o neto. Teria tido muito orgulho dele. Como eu sempre tive. Pedro sempre foi um menino de ouro. Mirtes também não chegou a ver o filho crescido. Morreram jovens Mirtes e o marido, desastre de automóvel. Criei meu neto como se fosse meu filho, o senhor sabe, padre, o filho homem que o Capitão tanto quis. Não queria enterrar todos os meus...O Capitão... Mirtes... Meu pai...Meu amor...

Sônia esperou durante a adolescência de seus filhos pela rebeldia que um dia, certamente, viria; preparou-se para conversas sobre sementinhas e outras metáforas cretinas. Preparou-se para discorrer sobre drogas, preservativos, escolhas profissionais, etc. De nada a sua pretensa erudição na arte de criar filhos lhe adiantou. Os dois passaram incólumes pelas intempéries hormonais. Nenhuma falta grave registrada. Os dois nunca tomaram um pileque, nunca perderam o ano na escola, nunca ligaram o som alto. Nada. Preparou-se para cabeludos, drogados, tatuados, nada. Nenhuma contravenção. Pelo contrário, Tatiana e Junior eram jovens adoráveis. Nenhum vício. Nenhum escândalo. Nenhum amor desvairado. Até que um dia. – Mãe, vou me casar. O que seria felicidade em qualquer lugar, pesadelo aqui. – Casar? Com quem? – Marque um jantar. Sem excessos, a família dele é muito simples. Gente muito correta, mas simples. – Gente simples traduzia-se por pobre. Meu deus...Um rapaz pobre, mas honrado, diria meu pai se fosse vivo. Não sem uma certa ironia. Honrado, essa palavra só me lembra Pedro. Heitor, meu marido, não estava aqui para me apoiar nesse momento. Nosso casamento repousava num porta-retratos.

Para afastar o fantasma da carta que não chegava, Pedro pensava em Lúcia. Para ele Lúcia era uma lembrança boa, doída, mas boa. Nunca a tirava do pensamento. – Eu sabia, eu via. Pedro falava sozinho o tempo todo. Falava com Lúcia o tempo todo. A imagem de Lúcia era o consolo de todo momento. Conversava com ela um diálogo lunático, perguntava e respondia ao mesmo tempo a cada passo do dia. – Lúcia o que acha? Lúcia, querida... Lúcia, meu bem.... Como a chamaria hoje? Lúcia...

Só, talvez... Ele sabia que esse não era o nome dela e sempre se perguntava por que tinha dito seu nome verdadeiro pra ela. Naqueles tempos isso era perigoso. Melhor assim, que ela pensasse que Pedro era um codinome. Seria melhor pra ela. Será que ela ainda lembrava dele? Ele nunca soube o que disseram a ela. Ela podia pensar que era um covarde, mas não era. Abrir mão de Lúcia, foi seu maior ato de bravura.

    Dulcina na estação de trem. – A senhora aceita um queimado? Sou Dulcina, prazer. Vim buscar meu sobrinho, quer dizer é sobrinho-neto. Nem sei, viu? Pedro hoje é homem feito, mas pra mim ainda é um menino. Olha a foto dele, bonito, não é? É antiga, essa foto. Nesse tempo ele não saia da minha cozinha. Ficava lá olhando como se em cada travessa tivesse uma obra de arte. A senhora imagina que a primeira vez que viu o amarelo, foi com meus quindins? É que as cores só apareciam em compotas e geleias. É que Ciana, minha irmã, avó dele, sempre foi muito comedida, muito séria, não gostava de nada extravagante.

    – Pedro nunca que conseguiu entender direito o parentesco com Du. Diziam que era irmã de Ciana, a vó dele, irmã de criação, que fora trocada por dois sacos de farinha numa dessas secas, que era afilhada dos pais de Ciana, que era sobrinha, outros diziam a, boca pequena, que era filha do bisavô com uma empregada. Vá lá se saber, quem ela era, mesmo. – Aposto que era filha do bisavô, véio descarado... – Tenho umas prima assim, tudo a merma cara. Afilhada? Aonde? Filha mermo! A cara, cagada e cuspida! – É que filho de puta tira a mãe da culpa, já reparou que tudo que é filho na rua é a cara do pai, mais que os de dentro de casa. Riso da Samanta de outrora.

Du também era especialista em comidas de dendê. Não que estas comidas fizessem parte do dia-dia de Pedro. A sobriedade das paredes entrava pelos pratos. Pouco sal, pouca gordura. – Faz bem pra saúde, eu nunca tive nada, nem gripe... Dizia Ciana. Banho frio, dormir cedo, acordar cedo, comer pouco. Era uma vida dura a nossa, mas eu com pouco me divertia, cantava no coral da igreja, organizava a quermesse, batizava tanto menino... Mas Ciana nem isso.

Adelaide conta segredos. – Cansei de acordar no meio da noite com os gritos de Pedro, o pesadelo que sempre volta. Pedro acordava suado, desesperado, revivia nos sonhos aquela tarde em que chovia e com o céu escuro não dava pra saber as horas. Eram três homens, o mais baixo falava mais que os outros. Não lembrava da cara deles, só das vozes. Essas vozes lhe acompanhavam tanto quanto o sorriso de Lúcia. – Um passaporte, um carro e garantia de sair daqui bem, sem um "arranhão". – Em troca da moça. – A família dela podia escolher te apagar. Mas o cara é um tipo fino, especial. Cara bacana esse teu "sogro". Tu some. E nunca mais vê a moça. Ela volta pra casa e depois nem vai lembrar dessa "farra". – Como é que é? – Quer pensar? Mergulhou mais uma vez a cabeça na água, o frio doía no encaixe da mandíbula. Outro mergulho. Através da água... Lúcia. Deixar, Lúcia... Nunca mais ver Lúcia...Nunca mais...Ir embora...Esquecer Lúcia. Um passaporte por Lúcia. Tosse. Tentou respirar. Tosse. Entre o barulho da água uma risada.

Ciana delira. – Quero que me enterrem com minhas lembranças, quero que partam comigo meus sonhos e pesadelos, meus pecados, minhas lembranças, cartões de aniversário, congratulações, pêsames, bilhetes de viagem, contas, meu véu de noiva, crediários, mechas de cabelos, 3x4, dentinho de leite, primeiras letras, minha filha, vestidinho de crisma, listas de compras, chaves sem portas, meu homem, recordações, receitas, berloques, minha imagem de São Miguel, a farda do Capitão, meus óculos, meu xale, meu neto, meu segredo, tudo que foi meu...Enterrem comigo, meus medos, superstições, saudades, meu luto, minha labuta...Até o canalha que levou minha filha, Mirtes, Pedro, Pedro, a foto de Mirtes...Meu amor. Todas as minhas lembranças, memórias e recordações de bodas, farras e funerais.

Na prisão. – Te dou cinco minutos. – Eu sabia. – Tu não tem culhão! – Vai largar a moça? Frouxo! – Larga esse puto ai. Não sabe nada... Foi se meter a besta, a comer grã-fina...Se enxerga! Eles continuaram falando, mas ele não ouvia mais nada. Só pensava em salvar Lúcia. Salvar de conviver com a miséria. Abandonar o seu amor, era essa a sua prova de amor. Seria melhor pra ela. Nunca mais a veria, como combinado. E ela estaria livre. – Livre! – Oxe, Pedro, tá falando sozinho? A carta chega já. Se apoquente, não. Por alguns minutos ele tinha esquecido da carta sem falta, da vó em Figueiras, de Samanta e seus calores, de Du e seus doces e por alguns instantes era só Lúcia. Como tinha sido um dia.

Sônia estava sozinha para receber o noivo da filha. O tal rapaz pobre, mas honrado. – Meu filho se parece com o pai. É exatamente igual ao pai. Eu não aguento mais esse segredo. Eu não aguento mais, Detinha! É uma farsa toda a minha vida. Com que cara eu vou receber essas pessoas aqui? Essa gente que tem caráter, tem dignidade, tem honra. Esperando o rapaz, Sônia se entretinha com antigos álbuns de fotografias e confidências. O tempo de espera a levou no tempo. – Quem fui? Quem sou? Durante os anos da ditadura acreditei no que não se recomendava acreditar. Ideias da revolução francesa numa cabeça de vento ao som dos Stones. Queria um mundo melhor, queria derrubar o poder. Olho essas fotos e não reconheço mais nada. Olha aqui, Detinha, que engraçado. Que cabelo era aquele? Era o meu cabelo, mas hoje não me reconheço mais. Saias indianas, incensos, comida macrobiótica. Como comi aquilo um dia? Luta armada, clandestinidade, aparelho. Você sabia que eu fui presa? – A senhora, dona Sônia? – Não cheguei a ser torturada, estava grávida de 2 meses, de Júnior. Meu pai conseguiu me liberar com a condição de me endireitar... Me endireitei. Casei com Heitor, ele tinha sido meu namorado antes. Casei com a barriga espremida sob muitos panos. Estava tão magra que mal se via. Heitor quis o filho, nunca me perguntou nada. Sempre se sentiu pai dele. Nunca mais tocamos no assunto. Pedro, o pai do meu filho, desapareceu, nunca soube dele, pode ter sido exilado, morto, pode ter entregado a turma toda, não sei, restou um codinome "Pedro". Não era seu nome verdadeiro. Como o meu não era Lúcia.

Carta. Figueiras, 1977. "Pedro, meu neto querido, como vai você e a vida de casado? E meu bisneto? Não demorem muito que quero ter saúde pra cuidar. Espero que minha carta encontre todos com saúde. Lembranças a família de Lúcia. Nós vamos bem, na nossa vidinha pacata. Dulcina não lhe esquece sempre que assa um bolo de milho..."

Dulcina morava na casa de paredes brancas, uns dias como parente, outros dias como empregada, ainda que sem salário. A verdade é que Du cumpria ambas funções, cuidava dos assuntos domésticos como empregada e se metia na vida do outros como parente. Du nunca sentava se Ciana estivesse de pé. Sempre acordava antes dela e só dormia depois que Ciana apagava a última luz. Um protocolo secreto das duas. Mas era única pessoa que desafiava, em voz baixa, quase nada, a matriarca desta reduzida família. Uma frase dita por Du, quando Pedro tinha uns sete anos abriu o primeiro quebra cabeça da sua vida. – Ciana, o que você tá fazendo com esse menino é um crime. – Meu deus! Que crime? O que sua avó poderia estar fazendo com você? Pedro pensou na vida reclusa, na ausência de amigos, até na casa toda branca pensou como uma coisa criminosa. Mesmo com pouca idade percebia que alguma coisa não lhe era dita. Um olhar de Emerenciana bastou pra calar a boca da irmã. E ele não ficou sabendo que crime era esse. Pedro nunca soube de certo de nada de estranho. Nada. Mas essa frase nunca saiu da cabeça. Que crime era esse? Pedro tá voltando pra casa da avó. Apavorado com perspectiva de voltar a casa toda branca, rever a avó, rever Du, se rever...

– Mas o trem tá é atrasado, já escureceu e nada ainda... Pois, viu Dona... – Lourdes, Maria de Lourdes... – A minha preocupação é que vim esperar Pedro e tô é com medo de nem reconhecer... Já mostrei o retrato dele?

Ordem de Ciana quase que diária. – Você não procure Pedro pra pedir nada. A gente se ajeita. Não quero que ele se preocupe comigo, só isso. Eu estou falando sério, Dulcina, não telefone e nem escreva nunca. Deixe que eu faço isso, eu te proíbo de dizer qualquer coisa.

– Nunca tive ciúme de Lúcia, ela era só um fantasma na vida dele, quase uma santa de devoção. Na época dela eu não andava com Pedro, conhecia ele da casa de D. Vilma, mas não tinha nada com ele, não. A gente era amigo. Bebia junto. Só. Ele não podia pagar e eu não podia não receber... Ele passava uns tempos lá, depois sumia... Um dia Pedro volta, todo estropiado, pedindo pra ficar escondido uns tempos, conversou secreto com D. Vilma. – Escondido? – De polícia? Vixe, Pedro deu pra ladrão. – Mas não era essa polícia, era a outra polícia. – O Pedro???? Comunista??? Não é possível.

Na estação de trem. – Ciana tá muito doente, e deixei o padre com ela até chegar com Pedro, mas o trem atrasou e não sei se o padre pode esperar mais, sabe que padre tem muita obrigação, muita gente pra amparar. Sim.. estava dizendo de Pedro, não sei o que ele vai achar, pois Ciana contava um pouco diferente pra ele, sabe? E eu sempre dizendo: - Minha irmã, olho que mentira tem perna curta, um dia Pedro descobre...

Um último pedido. – Me enterrem com tudo que foi meu. Segundo vizinhos, estas foram, mais ou menos as últimas palavras de Dona Emerenciana, que os mais chegados tentaram passar o mais fielmente possível a Pedro. Pedro, seu único neto, a tantos anos distante, teria que voltar a Figueiras para enterrar a avó e todos os seus pertences. A velha tinha caixas, baús, quinquilharias escondidas, única herança pra deixar pra Pedro. A casinha branca, que já fora uma das melhores do bairro, tinha sido engolida pela cidade a volta, depois de vendida daria pouco para arcar com os débitos feitos durante os últimos meses. Nunca dissera a Pedro que precisava de ajuda. Pedro vivia bem na capital. Casado com uma moça rica, mas os negócios... O trabalho o impediu de voltar por quase de vinte anos. – Vinte????? Quase trinta. Perderam a noção do tempo. A noção de tudo.

– Um dia, Padre, Pedro casa... – Um dia, Detinha... Pedro desaparece... – Um dia, dona Lourdes, Pedro descobre... – Um dia, Galega, Pedro volta...

Ai, abraçar Du na estação, que tinha crescido espantosamente, abraçar Du que tinha envelhecido espantosamente. De olho fechado no abraço se veria há tempos, quantos anos...vinte e seis... vinte e sete... Pedro aos dezessete anos, uma malinha na mão, indo estudar em São Paulo, fazer fortuna e voltar pra buscar a avó. A avó tudo pra ele. A mãe que ele não teve, o pai, professora, amiga, mistério. Ciana contava a Pedro uma história maravilhosa, de sua mãe, a menina do retrato, de branco parecendo primeira comunhão, parecendo um anjinho, de noiva, vestido branco. – Casou-se tão cedo Mirtes, com um homem tão bom, tão honrado. – Hum. Pois sim... Honrado? – Ela foi tão feliz com o seu pai. Foi uma pena o acidente tão cedo. Pedro sempre achou estranho que a mãe e o pai tivessem sumido da história, a única referência que tivera a vida inteira fora a imagem de Mirtes vestida de noiva, tão moça... Quando criança, Pedro costumava conversar com a foto da mãe. Mirtes tinha se casado tão jovem, que parecia a Pedro uma criança e a foto da mãe foi a única amiga, a única companhia, o único consolo para sua solidão irreparável. Ele ia a escola, e as vezes a igreja, mas tímido como era e sob o olhar vigilante da avó, nunca conseguiu fazer um único amigo. Ninguém lhes visitava e não visitava ninguém. Por vezes Pedro inventava pecados para ter o que conversar com o padre.

– Enviuvei de Pedro no dia que voltei pra casa de meu pai. Com um filho na barriga, não se pensa em revolução. Onde anda Pedro? Onde anda Lúcia? A ditadura levou Pedro, o tempo levou Lúcia. E este rapaz que não chega? Minha filha iria se casar, estava certo, não precisava de meu consentimento, nem de minha benção, fui ateia um dia. Pedro se dizia ateu com uma fé inabalável, chamava de justiça o que outros chamam deus. E esse casamento agora? Heitor mal se abalou. – Parabéns. Disse seco. – Por que essa angústia? Minha filha se casaria com o rapaz que escolheu. Heitor e eu pensamos logo em pacto pré-nupcial, separação de bens, exames médicos. Quem em estado de paixão pensaria nessas coisas? Para nosso espanto o rapaz concordou com tudo, não queria nada dela. – A dignidade operária. Diria Pedro. – Um homem apaixonado. Diria Lúcia. Melhor assim. Digo eu. Olho as fotos; quando eles eram criança,

nunca me passou pela cabeça que um dia como esse chegaria. Meus filhos adultos e absolutamente independentes, tão independentes que eu só soube do rapaz com tudo já certo e decidido: minha filha se casaria. Ela me sonegou informações do romance, não sei onde se conheceram, o que ele faz, quantos anos tem. A única informação – Família simples, muito simples. Era assim que eu imaginava a família de Pedro, a avó, a tia, ele me contava da vida deles no interior, me parecia tudo tão singelo, tão verdadeiro o amor dele por elas. Eu tinha tanta inveja de ter uma família assim. Mas meu pai nunca aceitaria Pedro como meu marido. Delicadeza, honestidade, caráter... Nada disso tinha importância sem dinheiro, sem posição... Não me reconheço pensando exatamente igual a meu pai.

Um dia no passado muito longe. – Padrinho Bernardo, o senhor conheceu minha mãe? A madrinha Augusta diz que ela deu mau passo e morreu de doença ruim. – É um jeito de contar a história, mas eu acho que mau passo deu o destino, ela só tropeçou no mau passo da vida. Era tão bonita... E tão boa que morreu do único mal que se vale a pena viver. – E meu pai? O padrinho conheceu? – Conheci muito. – E ele era um homem bom? – Mau ele não era, mas era moço e fraco... Foi covarde e não protegeu vossa mãe, mas, mau ele não era não. – Também morreu de doença ruim? – Morreu da doença pior que tem; a que se morre por dentro e a casca fica vazia fora. – Vem, Du, vem ver os passarinhos do ninho, tão quebrando a casca, vem ver... – Vai, minha Lua, Ciana tá te chamando, se apoquente com o passado não... Vossa mãe lhe amava muito. Morrendo, lhe deixou vossa madrinha e vossa irmã Ciana, que lhe ama mais que tudo. Vossa mãe toda noite, do céu, olha por ti. – E meu pai? – Guarda e protege o tempo todo a sua menina... Anda, vai ver os passarinhos, vai...!

Pedro tão culto, tão preparado, mas a vida deu errado. Nunca tinha conseguido se fixar em nada, trabalhou no comércio, fez curso de eletricista, hoje rodava com um táxi, mas em nada era exatamente bom, sua única especialidade era a alma feminina. O tempo que rondou a casa de Dona Vilma fez com que conhecesse profundamente as mulheres. Era tão novinho, que as meninas nem lhe cobravam, pelo contrário, lhe mimavam com regalias que não estavam à venda: um pedaço de goiabada, um cigarro, a panela de água quente pro banho, essas gentilezas não estavam à disposição de qualquer um, em troca o menino calado e triste as escutava e esse conforto elas não pensavam em ter com homem algum, nem nos seus sonhos de casa montada, nem nos delírios de sobrenome de marido.

– Cale a boca, Dulcina. Falei que tava morta por que pra mim ela tá morta. Ela e o marido dela. Morreu meu sonho, morreu minha esperança, morreu tudo com Mirtes. E ele vai ser mais feliz sem saber que a mãe dele era uma vagabunda. Que a mãe dele teve filho sem pai. Filho da mãe só. Tô protegendo Pedro da vergonha. E você, nunca mais fale disso. Du se apiedava do menino tão distante do mundo e as vezes, sem que Ciana soubesse o levava a feira ou ao armazém de seu Bastos. Mas tal qual pássaro de gaiola ele não sabia voar e sequer olhava para as outras crianças ou se divertia com o pas-

seio. Ficava inquieto na rua, queria voltar e ter de volta a companhia da foto da mãe. Na adolescência, fotos de atrizes substituíram a desbotada imagem de Mirtes e ele passava horas a dialogar com suas musas. – Mas como esse trem tá atrasado...

    Adelaide achava curioso que todas as mulheres da vida de Pedro tivessem nomes falsos. Todas com seus nomes falsos, suas armadilhas, seus perfumes e alcunhas. – Acho é esquisito que todas... O primeiro amor foi uma atriz de cinema... Nome falso, Marilyn Monroe... – E ela não chamava Marilyn, não? – Que! Chamava era Norma, Norma Jane... Nome falso, nome artístico. Depois Lúcia, a tal guerrilheira, documento falso, tudo falso! E depois uma puta com nome de guerra, Samanta, a feiticeira. – Criatura, abafa isso, que aqui ninguém sabe. Ele se juntou sabendo e nunca fez questão... – E a vida de Pedro é toda falsa. A cada semana ele contava pra avó uma história mais maluca que outra. E a velha acreditava. Nunca entendi pra que aquela farsa toda. Não, Galega, não era melhorar a verdade, enfeitar um pouquinho, não era isso, não. Era fantasia pura. Tudo lorota. Uma vida linda. Honrada! Eita, Pedro doido! Sabe que eu queria conhecer as velhas, mas ele nunca falou em voltar e muito menos em me levar, tem vergonha de mim. – Vergonha de que mulher? Tu é a mulher mais honesta que eu conheço, tu é amiga, tu é boa, é capaz de tirar a roupa do corpo pra dar pra um infeliz qualquer, é boa até com quem não merece. – E isso lá apaga o resto? Fiz vida, Galega, tive tanto homem que não consigo nem contar, tive doença, bebo, falo palavrão, fiz dois abortos. Tenho ilusão não,

Galega. Conhecer a vó de Pedro? Ele nunca quis voltar e se voltasse não me levava.

O padre escuta atento. – Quando a gente faz uma coisa errada, padre, com intuito de fazer o certo, a gente tá errado? Às vezes é necessário. Deus é testemunha de que eu só pensei no bem, no bem dele, esses anos todos, nunca disse a Pedro nada que pudesse causar preocupação, nada que atrapalhasse a vida dele. E acho que fiz bem.

Dona Lourdes não entende direito a história – De meu mesmo, nunca tive nada. Tudo era de Ciana, o pai, a mãe, os vestidos, o marido... quando Ciana casou ninguém me perguntou se eu queria casar junto, mas lá fui eu pra casa de Ciana, cuidar da filha de Ciana, do marido de Ciana, era como se eu e ela juntas fosse uma, o padrinho chamava a gente de meu sol e minha lua.

Galega e Adelaide enchem a cara. – Um dia, Galega, vi as filhas da vizinha conversando, dizendo que tinham medo dele, que ele parecia um psicopata, que tal, psicopata? Uma das moças riu e disse que segundo o pai dela, seu Pedro era uma das pessoas de melhor caráter que ele conhecia. Que ele era assim calado por causa da revolução, que tinha ficado estéril para não entregar a mulher que ele amava, depois a mulher sumiu e ele ficou assim, sem ela e sem nada. – Ele é muito culto, sabia? Não sei por que é motorista... Meu pai adora ele, minha mãe também acha ele esquisito, mas comigo ele é bacana... Até prometeu me ensinar a dirigir, se meu pai deixar... – As palavras da moça ficam repetindo sem parar em minha cabeça. Girando, girando, girando... Aquela história toda de Pedro, contada por outras pessoas me pareceu muito mais terrível. E a mulher que ele amava? Era outra, Lucia, nunca fui eu. Eu cheguei um tempo a amar Pedro, dizia isso a ele. Pedro nunca me respondeu, nunca disse que me amava. Eu sei que era pra não mentir pra mim. Ele balançava a cabeça e só. Pois mentira ele só contava pra vó. Pra não mentir ele me abraçava e balançava a cabeça. Eu sei que a mim ele nunca amou. Com o tempo eu também deixei de amar.

Detinha se comove. – Por que meus filhos não me confiaram segredos. Tudo que eu quis aos 20 anos foi alguém que me ouvisse, quis ouvi-los e eles não tinham nada para partilhar comigo. Silêncio sempre. Quem são esses a quem chamo meus? Fotos! Fotos na parede, fotos na estante, um imenso álbum com anotações formais; primeiro banho, primeira escola, primeira comunhão, aniversários, batizados, formatura. Faltam páginas dessa história. Um hiato entre nós. Talvez o mesmo hiato que um dia houve com meus pais. Mas eu quis ser amiga deles, quis diálogo, quis cumplicidade. Eles não quiseram. Me vejo repetir os erros de minha mãe, um casamento morno, um sobrenome no meu, convenções e falta de coragem. Pedro o que diria? Sonho com ele até hoje, mas no sonho o tempo não passou, nos vejo com armas na cintura e paixão no peito. Será que ele imagina que tem um filho? Será que ele imagina que a minha vida seguiu sem ele? E que é uma vidinha de merda essa que eu levo? Será que ele imagina que a menina corajosa que ele conheceu virou um robô que sorri, uma boneca que sorri em fotos? Me recuso a creditar que Pedro morreu. Me recuso a acreditar que Lúcia morreu. Ainda sou a mesma. Ainda sou eu. Mas Lúcia não se chocaria com o casamento da filha com um rapaz sem posses. E eu concordo com tudo que me mandam. – Tatiana, você conhece esse rapaz direito? Tem certeza que não existe interesse econômico? Separação total de bens. – Lúcia se chocaria com um casamento sem amor. Como o meu. Mas não posso dizer que não amo Heitor. Nos respeitamos e isso é suficiente. Detinha, você olhou o gelo?

Du continua a contar sua história a Dona Lourdes. – Como Ciana é mais velha que eu, um pouco, as roupas dela depois ficavam pra mim, vim ter roupa minha eu já era adulta. Brincava com as bonecas de Ciana quando era criança e fui cuidar da casa de Ciana depois do casamento. Quando Mirtes nasceu, o Capitão começou a rondar meu quarto e um dia ele entrou. Eu deixei, se não fosse eu pra tirar o resguardo, era outra. Achei que era melhor pra Ciana que fosse eu. – Mas era o marido de sua irmã... – Pensei nela, mulher. Juro pela luz que me ilumina. As mãos do Capitão tinham sempre um cheiro de fumo, eram quentes, grossas. Ciana não gostava. Ia pro quarto como quem ia pra forca. Eu fui me acostumando e até gostava. Nunca nenhum de nós disse uma única palavra, nem ele, nem ela, nem eu. Acho que ela sabia e até se sentia aliviada, não sei. Mas vivemos assim, os três, nós duas como se fosse uma. O sol e lua.

Galega fica curiosa e quer saber mais. – Oh, Samanta, nunca que ele soube dela? Da mulher do nome falso? A rica? – Uma vez apareceu aqui uma mulher procurando por ele... Não sei se era ela, mas era tão fina. Achei melhor despistar, podia ser problema. E se fosse, era tarde demais. – Tu num acha que ele tinha direito de saber se era ela? – Pra quê? Pra ser humilhado na família dela? Você precisava ver o carro que a mulher chegou, um perfume... Que nada, Galega! Aquela mulher não era pra Pedro e nem Pedro era pra ela. Melhor pros dois. Fiz o certo. Aprendi foi com a dona Vilma, ás vezes a mentira certa é melhor que a verdade errada.

Ciana e o padre tomam café. – Pois é, padre Olavo, cresci ouvindo as pretas conversando enquanto lavavam roupa, eu era menina e elas achavam que nem prestava atenção, uma delas tinha um amante, vivia sem lei com ele, a mãe dela tinha sido escrava e tinha feito um juramento que a filha seria livre, não ia ouvir ordem nem de feitor e nem de marido. Era a única que tinha sorriso aberto. Escolhia seus homens e vivia bem com eles, mas na primeira grosseria, na primeira desfeita, na primeira cachaça, mandava andar. Minha mãe quando soube dessa vida leviana, mandou a moça embora. E era assim que todo mundo pensava, naquela época e muita gente ainda pensa hoje. É a única coisa que uma mulher não pode deixar de ter; honra, pode ser feia, pode ser burra, pode ser doente, mas tem que ter honra.

Du come caramelos, um atrás do outro. – Então, dona Lourdes, Pedro pequeno vivia grudado com a foto de Mirtes. A foto da primeira comunhão. Nessa época Mirtes não se adornava, nem anéis, nem rendas, nunca pintura, nada de perfumes. A mãe não deixava, mas Mirtes também não ligava. Ciana achava feio moça se arrumar. Limpeza, sim, mas enfeite pra ela era coisa de mulher à toa. Mirtes gostava era de ler romances e de pintar porcelana. Queria ser enfermeira, ir pra guerra cuidar de feridos, veja só. Tinha acabado a guerra sem que Mirtes tivesse idade para ser enfermeira. Eu achava que ela não pensava ainda nessas coisas de homem e mulher, que era uma menina. Mas qual? Mirtes tão miúda, tão franzina...

Adelaide chora. – É Galega, e não é que o amor se parece muito com uma colcha, única peça de um enxoval que um dia eu quis ter. Era azul no começo, linda... Eu sonhava com um noivo que dormiria comigo nessa colcha, esse noivo nunca chegou, desisti de esperar e botei a colcha no uso, nunca deixei que homem nenhum deitasse nela. Deixei Pedro, ele não era bem o amor, nem o noivo que eu esperava, mas a colcha estava lá guardada. Ele ficou, deitou na colcha, azul no começo, passou o tempo, um fiapo aqui, um rasguinho aqui, e por que a gente gostou tanto daquela colcha um dia, a gente tenta remendar, e a gente sabe que ela não vai ser mais a mesma, mas eu gostava tanto da colcha e cheguei até a gostar tanto de Pedro. Tentei remendar muito... Sempre... Remendar a colcha rasgada, Pedro ficou grosso, nem falava mais comigo, caiu café, não sai. O azul desbotou, Pedro esfriou, a colcha ficou lá puída, manchada, rasgada, nem pra remendar mais serve. Mas fica aí, Pedro, a colcha fica aí. Não tenho coragem de jogar a colcha fora, não tenho coragem de mandar Pedro embora... Até que um dia vira um pano de chão e a gente nem reconhece mais o amor que a gente teve um dia.

Sônia desabafa com Detinha. – Não, Detinha, nunca fui apaixonada por Heitor, casei sedada. Chorava por Pedro. Não tinha como encontrá-lo, não sabia se estava vivo. Fui exilada dentro de casa, coração exilado, longe, sem notícias, me deixei levar. A barriga crescia. O tempo passava. Medo. Militares. Armas. Meus companheiros sumidos. Lembro das grades. Da parede mofada. Do frio. Dos gritos. Eu passei três dias nua, numa cela molhada, sem saber o que poderiam estar fazendo com ele. E eu casei. Dei um nome pra meu filho. Ele não sabe. Um dia passou na televisão uma greve, a polícia invadiu, ouvi meu filho dizer. – Prende, baderneiros. A polícia tem que entrar pesado. – Não adianta, não, filho. Esse povo não tem jeito. Todo ano é uma greve... A gente tenta tratar como igual e olha o que recebe de volta. – Por isso que a polícia tem que botar pra foder. – Ah, se ele soubesse. Se ele soubesse quem ele é. Meu filho foi gerado em passeatas, reuniões, ações, filho do calor da minha juventude, filho de Lúcia e Pedro. Heitor fez o que pode para que eu o amasse verdadeiramente. Não pude amá-lo. Heitor onde anda? O rapaz que não chega. Quase oito.

Na estação de trem de Figueiras. – Mas a descaradinha da Mirtes, já estava de olho comprido prum sujeito estranho, feio como a necessidade, magro morto a fome, nunca entendi o que foi que Mirtes viu naquela criatura. Ciana não podia nem saber, do jeito que ela era, hum? Mas por essa época ela ficava mais na fazenda. O Capitão já tinha morrido e deixado Ciana pra criar a filha, tocar a fazenda, cuidar do gado. Ela achou melhor ficar na roça e eu fiquei pra cuidar de Mirtes, ela ainda estava no colégio, era estudiosa Mirtes, caprichosa, uma letra bonita... Mas aí Mirtes caiu de amores por essezinho. Era artista, trapezista, um desocupado, tocava violão, um errante. E a menina...

Na varanda da cobertura da família. – Minha filha ama esse rapaz e ele ama minha filha. Por que eu sofro assim? Por que não acredito mais nisso. Se Pedro me amasse não teria sumido, não teria me deixado, se Pedro me amasse não teria morrido. Se Heitor me amasse não me deixaria sozinha agora, não me deixaria sozinha sempre. Se amor existisse, eu ainda seria Lúcia, cabelos soltos com flores na testa, como na última vez que vi Pedro. Se amor existisse eu saberia de meus filhos mesmo se eles não me contassem. Saberia naturalmente. Como não percebi que Tatiana estava apaixonada. Se amor existisse eu não teria esse inverno nos olhos e a boca seca de quem já não fala mais nada.

No quarto de dormir da anciã. – Na minha família nunca tivemos moça desonrada, nunca ninguém deu pra ladrão, nunca passamos vergonha, não temos misturas e nem desvios de conduta. Mirtes casou-se com um bom homem, pena o acidente tão cedo. Fiquei viúva e honrei a memória do Capitão. Meu neto é um homem de negócios, bem-sucedido, rico, casado com uma moça muito direita, Lúcia é o nome dela. Pedro só me deu orgulho. E agora, que a morte não chega... Queria abraçar Pedro só mais uma vez. Queria conhecer Lúcia, ela sempre manda lembranças pra mim. Nesses anos todos só soube deles pelas cartas de Pedro. Mas vou morrer satisfeita. Cumpri minha missão na terra.

Na cozinha da casa de Adelaide – Às vezes eu acho que Pedro é maluco mesmo. Você acredita que ele estudava folheto de viajem e depois contava pra vó como foi em Paris, em Nova Iorque... Eu perguntava a ele se ele não se atrapalhava escrevendo essa novela toda. Você precisa ver a cara que ele me olhou. Como se aquela fosse a vida dele mesmo. Eu conto pra minha mãe, que já tá velha, que tá tudo bem comigo, que o salão tá dando um dinheirinho, que vai tudo bem com Pedro, essas coisas, só pra não preocupar, dar um pouco de gosto a ela. Mas dizer que casei, que viajei, que comprei carrão, que isso, que aquilo. Isso nunca fiz.

O trem que não chega. – E essa paixão de Mirtes foi o que de pior podia acontecer, deu pra mentir pra mãe, pra fugir de noite, depois que a gente dormia, lá ia Mirtes se esfregar com o ordinário. Ela tinha sido uma boa filha, até o dia que botou o olho nesse homem. Ciana queria casar Mirtes de branco, com um homem direito, trabalhador, nem precisava ser rico, mas que fosse honesto, que respeitasse a casa, o tal do artista não respeitava nada. Quando Ciana descobriu que Mirtes estava enrabichada com aquele sujeito sem rumo, Ciana enlouqueceu. Quis mandar Mirtes prum colégio, quis matar o homem, quis polícia. Mas não teve jeito que se desse pra Mirtes largar dele. Nesse tempo ele já era homem dela. Ô, menina, que falta de juízo. Mirtes gritou com Ciana. Coisa que nunca imaginei. A senhora imagina isso? Filha gritar com mãe? – Eu vou, mãe, com ou sem sua benção. Ele me ama, acredite. Vou ser feliz, mãe. A senhora sabe o que é isso? Sabe nada. Vou ser feliz com o homem que eu amo. Amo, mãe, amo, amo, amo. – Isso não é amor, minha filha. Isso é maluquice, isso passa. Isso é coisa da mocidade, mas acredite em quem já viveu mais um pouco. Você é tão menina, Mirtes. Ainda não entende as coisas da vida. Quando isso tudo passar você vai se arrepender da burrada que tá fazendo. Amor não enche barriga. Amor não paga conta. Amor não conserta quem é torto. Esse homem não vale nada. É só olhar pra cara. Sua condição é outra, não se misture. Depois que seu pai morreu, nossa vida tá mais difícil, mas isso também passa. – Pois foi, assim, mulher. Mirtes disse que tinha direito à herança do Capitão, que não era mais criança e que ia casar com ou sem o consentimento da mãe. Arrumou a trouxa, pegou joias, vendeu coisa, fez o diabo e foi embora. Ciana, disse a ela... – Se sair por essa porta, pra seguir esse vagabundo, pra mim é o mesmo que sair num caixão. Esqueça que tem mãe e nunca mais volte aqui. Você não vai envergonhar a memória de seu pai.

A espera de absolvição. – Ai, padre, na hora de morrer, a gente quer mais é ficar em paz. Não me arrependo de nada. Protegi Pedro, só isso. Vê o que ele é hoje? Um homem. Um homem de bem. Se eu tivesse pensado diferente? Se tivesse deixado ele saber de tudo? Saber quem era a mãe dele?

Em um local secreto, tantos anos antes. – Quando passamos a primeira noite juntos, vi Pedro escrevendo de madrugada. Tive tanto medo, nesse tempo eu vivia com medo. Mas não podia acreditar que Pedro pudesse entregar ninguém, mas que ideia, escrever de madrugada, quase no escuro... Era uma carta pra avó dele. Ele me mostrou, disse que tinha encontrado a mulher da vida dele, que estávamos noivos, e que quando a gente tivesse um filho botava o nome do avô dele. Achei engraçado aquela notícia de noivado assim. Nunca pude dizer a ele que aceitava esse estranho pedido de casamento. Pouco depois fui presa e nunca mais vi Pedro.

Ainda na estação. – Quando o dinheiro acabou deu pra bater em Mirtes, passava mulher na cara dela, bebia todo dia e a menina foi definhando. Um dia ela apareceu, escondido de Ciana, pois pra Ciana ela estava morta. Estava com saudade da mãe, mas ela sabia que não tinha volta. Eu disse a ela que não se preocupasse que o menino estava bem.... – Mas que menino? Du, mãe tá criando um menino? Que esquisito, mãe pegando menino pra criar? Mãe? Perguntou Mirtes espantada. E eu fiquei pensando, se Pedro não era filho de Mirtes com o artista... Quem era Pedro? Oxe, Ciana? Ciana enlouqueceu, pegar um menino pra criar, dizer pra todo mundo que era filho de Mirtes, que Mirtes tinha morrido, mais o marido, pai do menino. Que era avó do pobre. Criava o menino trancado dentro de casa. Com medo de tudo.

No quarto já escuro. – Fiquei foi só, padre, no mesmo ano, morreu meu pai, morreu o Capitão. Fiquei só pra cuidar daquela fazenda, dos bichos. Logo eu, que nunca tinha cuidado nem da casa. Dulcina cuidava da casa, o Capitão da fazenda, tinha uma menina que ajudava com Mirtes. Tinha condição. Tinha marido. Tinha abrigo. De repente, não tinha mais nada. Sabe o que é isso, padre? É um buraco que abre no chão e engole a gente. E eu tive que engolir o buraco.

Na hora do jantar. Toca a campainha – Boa noite, como vai? Sorriso do autômato já de costume. Me desculpe Pedro, abandonei Lúcia em alguma gaveta, me desculpe Heitor, Lúcia ainda está aqui. Esta noite iríamos posar pra mais uma foto, na qual eu apareceria sorrindo, mais um sorriso de mentira. Minha vida é só fingimento, finjo sorrisos, finjo opiniões, finjo orgasmos. – Seja bem-vindo. Tatiana já está descendo. Será que fiz mal em nunca ter contado nada, quis poupá-los. Será que eu tinha esse direito, poupar alguém da dor é poupar da verdade. E a verdade é o único bem imprescindível. Tão imprescindível que vivi sem verdade até hoje e percebo que não vivi. Não pude nem botar em meu filho o nome do avô de Pedro, como ele queria tanto. As pessoas iriam estranhar.

Adelaide depois de algumas cervejas. – Quando vim morar mais Pedro, estava de bucho cheio, achei que podia ser dele, mas toda aquela conversa da prisão, disseram que ele morria mas não dizia nada dela e que filho nunca mais. Tive medo de não ser dele, eu não ia dar barrigada, eu não! Mas depois me arrependi. Quando a mulher apareceu tinha um menino pequeno junto... Ai, Galega, e se era filho dele? E se eu nunca dei um filho a ele? Nunca passou adiante o nome do avô. Pra que a gente faz as coisas pra depois se arrepender? Me diz, Galega, pra quê?

Sônia depois de um calmante – Envelhecer não me incomoda tanto. Mas a medida que envelheço mais e mais me pareço com a minha mãe e ver a imagem dela no espelho todos os dias me desespera. Meu pai falava absurdos, mas ele acreditava no que dizia, tinha lá a sua integridade, eu sabia o que esperar dele. Minha mãe não, ela se adequava ao que fosse necessário, por conveniência, por interesse ou apenas por costume. Eu odeio me ver no espelho, sorrindo igual a ela.

– E Pedro se valeu pela vida afora desta intimidade única com as mulheres. A verdade é que Pedro jamais conhecera um homem, fora criado na casa imaculada de sua avó, convivendo com Du e outras moças, que eram da igreja e raramente apareciam. Nunca soube do pai, ou do avô, o Capitão, nunca soube se Du tivera marido, ou noivo. Na casa de D. Vilma, via os homens passando e quase não falava com eles. Eram para ele uma outra espécie. Saiu do colo de Du, pra cama das meninas de dona Vilma e delas para Lúcia, de Lúcia para Samanta e de Samanta agora voltava para os braços de Du. Aquele abraço na estação iria durar horas, e toda sua vida iria correr diante de seus olhos.

– Ai, padre, só entendi o amor de Mirtes pelo artista, quando conheci aquele que seria o mesmo pra mim. Fiquei sozinha na fazenda, remoendo a dor de perder minha filha. Remoendo a dor de não ter conseguido salvar Mirtes daquela loucura. Ele não me disse nada, só me confortou. Naquela casa da fazenda, perdida no meio do nada, já naquela idade, foi que fui conhecer o amor. O Capitão tinha sido bom marido, mas era obrigação. Mas se foi assim que aprendi? Nunca recusar o marido, pra ele não procurar outra e nunca se oferecer para ele não pensar mal. Mas com ele eu não tinha obrigação de nada, era desejo só. Eu não conhecia nada disso, casei moça, sem qualquer noção, e levei quase vinte anos servindo ao Capitão, sem nenhum gosto.

A cabeça de Pedro girava, girava a sua volta uma ciranda alucinada, via em flashes rodopiando a foto de Mirtes, os esmaltes de Samanta, os quindins de Du, as cartas de Ciana, a arma de Lúcia, os peitos de Samanta, os olhos de Lucia, o vestido branco de Mirtes, as lágrimas caladas de Du, as tralhas de Ciana, a casa toda branca, o varal colorido da casa de dona Vilma, as paredes mofadas da prisão, a letra redonda nas cartas de Ciana, as contas de santo de Du, o cheiro de acetona, o cheiro de café, o cheiro de sangue, Mirtes de noiva, Samanta envelhecendo, Lucia desparecida, Ciana morta. A vida real. A vida das cartas. A prisão. A tortura. A falta de Lúcia. O filho que ele não teve. Pra botar o nome do Capitão, continuar o nome da família. Filho único, sem filhos. Acabava nele a sua família. Ele nunca soube o que era ter um filho.

– O rapaz estava parado na porta, me olhava com estranha curiosidade. Por alguns instantes tive a impressão de rever Pedro, vi em seus olhos a mesma ternura. Tive vontade de abraçá-lo e dizer – Conserve-se assim, puro amor por minha filha. Mas isso não era de bom tom, nem eu, a essa altura, acreditaria numa promessa tola como essa. Só consegui dizer, engasgada de lembranças. – Fique à vontade. Aceita um uísque? Sobre o aparador da sala, retratos. Como eu queria que Pedro estivesse comigo. Não hoje só. Mas sempre. Estivesse comigo nesses retratos, em cada um deles. Mas nem pediria tanto, só que ele soubesse que estou viva. Que estou bem. Que tivemos um filho. Essa é minha dor maior. Ele nunca soube que tem um filho.

– Foi a última vez que vi Mirtes. Ela tinha que ir embora, o maldito lhe arrebentava a cara se ela atrasasse, dei o dinheiro da feira todo a ela, depois eu resolvia. Deu pena dela, tão bonita Mirtes, queria ser enfermeira na guerra, e agora era um restinho de gente. Estava magra... faltando dentes... o cabelo ralo e o olho de choro. Ô menina... Ô menina. Botei minha Mirtes no colo...chorei feito uma cabrita desmamada... – Chore, não Du. Chore não... Tá tudo bem. Eu sou feliz, Du, chore não... A gente briga um pouco, mas passa. Ele não é de todo ruim, é só quando bebe. Chore, não, minha Du. – E era ela que me consolava... Ciana nunca derramou uma lágrima. Nem quando o Capitão morreu, nem quando Mirtes fugiu... Ah, Ciana... Quantos pecados, minha irmã. Quanta mentira, escorraçar a menina desse jeito. Pra quê? Pra quem? Você só fez isso tudo por que nunca gostou de ninguém. Nem de Pedro. Ele não merecia viver assim, feito um boneco seu, sem saber quem era, sem saber nada. Filho de Mirtes ele não era. Era quem? Como é que aparece um menino do nada? Botaram na porta? E pra que essa história de acidente, de morte? Que pecado, Ciana, a menina viva, passando necessidade. E esses anos todos escrevendo pra Pedro, tudo maluquice de sua cabeça. Ele viveu numa caixa de papelão, junto com suas tralhas. E agora você morre e quer levar para o buraco tudo junto, vai junto com você o seu segredo. E o pobre do menino? Ele nunca soube de quem era filho.

– Mas meu amor por esse homem me fez fazer uma loucura maior que a de Mirtes. Fiquei na fazenda com ele vivendo como casada, naquele fim de mundo, quase todas eram amigadas. Demorava muito de vir um padre por lá e quando ele chegava, pra fazer o casamento de uma vez só, os meninos já eram grandes, já tinha passado o primeiro brilho das paixões e ninguém mais se dava ao trabalho de fazer roupa nova pra casar. Naquela casa no meio do nada, eu fui entender o que era ser feliz, andava descalça, comia pimenta, tomava pinga, dançava, dava risada alto, nadava nua, fazia coisas que nunca pensei em fazer e era plenamente, absolutamente feliz. Não sabia quanto tempo ia durar aquela vida louca, aquele amor louco, mas não me importava, tinha sido a vida inteira conduzida por meu pai, pelo Capitão, e pela primeira vez na vida eu mesma me conduzia. Mas peguei barriga, naquela idade, e aí não sabia o que fazer. Não podia criar o menino, assim, bastardo, sem nome de pai. – Mas a senhora era viúva poderia ter casado novamente e pronto. – Mas quem eu era por dentro não me deixou. Eu não podia casar com um peão, quase preto, analfabeto, ser mãe já podendo ser avó, manchar a memória do Capitão, afrontar meu pai, minha mãe, dar razão a Mirtes. Eu não podia... Eu não conseguia. Tive tanta inveja de Mirtes, da coragem dela. Eu não tive essa coragem. Deixei aquele que foi o meu único amor. Vendi a fazenda. Voltei pra casa da cidade, com Pedro no colo. Registrei como neto, naquele tempo isso não era difícil, escrevi uma vida pra Pedro, como eu queria que tivesse sido a minha, como queria que tivesse sido a vida de Mirtes. Uma vida coberta pela honra. Não me arrependo, padre. Ele nunca soube que era meu filho.

Abro a janela. Esfriou. Leve chuvisco. Sereno.

Ao longe, ouve-se silêncio.

Nada a fazer. Encerro um dia de semana à toa, mais um. Sem brilho, sem folguedo, sem dança. Nunca mais festa, nunca mais brinquedo. Nunca mais menina a sonhar. Nunca mais fui criança. Nunca mais roda-gigante. Nunca mais caixa de música. Nunca mais bailarina a girar. Nunca mais fui moça também, nunca mais um flerte. Nem afago e nem bilhete. Nem beijo no cinema, nem beijo no portão.

Sinto-me velha e só.

Contando dias, recontando horas. Fantasias e memórias se entrelaçam, dançam uma valsa em fractais. Mergulho no céu de nuvens encarnadas. Olhos fechados abertos para o nada, que é tudo. Lembranças correm na pele, voltam nos cheiros, nas horas.

Ao longe, ouvem-se violinos.

Água morna, banheira, perfume de frasco bonito, elegantes formas, vidro. Vestida de espuma, pérolas, longas luvas. Gilda. Envolta em trinta e sete graus de aroma frutado, contraste na temperatura, champanhe rosado, sete graus, taça, suave bailado, cristal, espelho embaçado.

Pés no mármore cremoso, na madeira amiga, no tapete afável e sorridente. Pés nos saltos. Pés no chão. Pés ao alto. Pés.

A moça de branco tem vergonha dos pés, acha que seus dedos dos pés parecem girinos. Não fica muito descalça. Nunca usa sandálias. Acha bonito quem acha pés bonitos, mas não os seus.

Vestida de ar, cetim, seda, renda, brocado, veludo. Vestida de luz, candelabros, velas, luar. Trompete. Névoa. Pães quentes, frios variados, azeite, um cheesecake de frutas vermelhas. Chá de framboesa, colherzinha a girar. Sons de metal e louça, de cristal e chuva. Um vestido florido, esvoaçante, decotado, uma echarpe em pleno voo, brinco de pérolas. Brinco de ser.

Sinto-me deslumbrante e só.

E gosto tanto, tanto dessa solidão, em perfeita companhia.

Há tanto a fazer. Um passeio a pé. Uma tarde de domingo. Uma Vogue. Um disco de Debussy. Filme antigo, preto e branco. Xícara branca, café preto, puro, coado forte. Um livro de poemas, Rimbaud, Baudelaire, Pessoa. Bombom de licor, caldo doce, vermelho. Um beijo na bochecha, um broche de borboleta. Cálice estilhaçado, palma trilhada em rubi. Mesa vestida de linho, alvura e linhas, bordado cereja, guardanapo maculado. Sangue. Fava de baunilha, creme, sonhos, carolinas, croissants.

Jambo fruto e flor. Uma louça antiga, inteira, completa, plena. Toalhas e monogramas, bordado carmim. Bonina. Que coisa linda!

Sobe temperatura. Chocolate quente. Aquece o peito. Um certo cavalheiro vestido de herói. Faces enrubescem. Fogos de artifício, fagulhas, faíscas, flamas.

Ao longe, ouve-se orquestra.

Janela e espelho. Espelho dourado na luz dourada do banheiro. Mechas rubras, madeixas ruivas, fios de prata surgiram cedo. Vinho tinto. Morangos e ameixas. Um pé de ipê. Um pôr de sol. Uma fogueira ardendo. Doce, vermelho, calor. Lembranças de amores idos. Melancolias de tempos partidos. Nostalgia dos dias perdidos. Saudades do que virá.

Chove forte. Passa. Abro os olhos, volto. Escureceu. Vestida de flanela e meias. Um copo d'água e uma janela inundada.

Sinto-me só.

Ao longe, ouve-se buzina.

Em frente a janela aberta, estive a me encharcar de lembranças. Lembranças. Repasso o significado rapidamente, palavras cruzadas, bingos de dicionário, um jeito meio besta de passar o tempo, manter a mente acordada.

Lembrança: substantivo feminino, recordação, pequeno presente, lembrete, anotação, memorandum, cumprimento afetuoso, faculdade da memória, comprova fato passado, no dicionário uma frase para demonstração "o guerreiro traz no corpo cicatrizes de lembrança da luta vencida".

Com o rosto úmido na moldura da vidraça, penso se cicatriz não seria também sinônimo de lembrança. Quantas lembranças vinham agora em rompantes? Cicatrizes na alma e memórias no peito em um dia de chuva traziam de volta um certo cavalheiro. Talvez porque naquela noite na cabana também chovesse. Chovia também no baile dourado e pastel. Chovia no último dia no hotel.

Ai, *un certain gentleman! Yeux en chocolat!* O primeiro olhar que trocamos me aqueceu por dentro como uma xícara vaporosa de chocolate quente. E seus olhos castanhos me deram um banho cálido. E naquele momento senti o agasalho doce, cremoso, morno. A xícara de chocolate quente. Os olhos castanhos.

Lembro de algum ursinho de desenho animado caindo no lago gelado. Salvo. Azulado e duro. Uma bebida quente. O azul vai se transformando em vermelho. Rigidez derrete. Vejo muitos desenhos, netos, bisnetos, acostumei.

Chocolate quente. Os olhos castanhos de um certo cavalheiro. Deslumbrado com os cabelos escarlate dela. Com o vestido rosado dela, o vestido aerado dela, o vestido rodado dela. Com os seios altos arfantes e olhos baixos tímidos. Lembranças. Cicatrizes. Um cortezinho na palma da mão. Cesáreas. Separações.

Ao longe, ouve-se uma voz feminina.

Uma voz quase nada, baixa e preocupada. – A senhora precisa fechar as janelas. Está chovendo. – Eu sei! As lembranças me aquecem. – Posso ir buscar um pano, com o chão molhado a senhora pode escorregar... – Então, você é? – Daniele. – Bonito nome, você também é uma moça muito bonita. O branco lhe cai muito bem. Sente-se. A moça hesitou. – O que você faz, Daniele? – Eu sou a nova cuidadora. Não se lembra de mim?

A senhora não reagiu, ou não ouviu, e começou a arrumar a mesa. A moça sentiu-se desconfortável. – Mas, ela não sabe quem eu sou? Há quantos dias ela já me conta de sua vida? Há quantas chuvas que a escuto? O baile... A valsa... Os olhos castanhos do cavalheiro. Palavras cruzadas. Tanta troca de roupa...

– O que você faz? – Sou enfermeira. – Uma bela profissão. Que bom, uma bela moça, com um belo nome, com uma bela missão. Gosto disso. Das coisas belas. Aceita um chá? A moça sente-se constrangida, percebe que a louça, branca e dourada, delicadamente pintada, meticulosamente arrumada, estava vazia. – Ela está ainda mais delirante. A senhora serve o chá imaginário com elegância de tempos idos. O gestual perfeito, o bule desceu e subiu no ar antes de repousar na bandeja. Como um ritual. Hipnótico. Majestoso. Imponente. Um chá. Ao indisfarçável assombro da enfermeira, riu. Um riso coquete e covinhas ainda surgiam no rosto. – Não se preocupe, minha filha, sei que está vazio. Mas posso lembrar-me do sabor de um chá, do calor da xícara, dos cheiros. Acho que você também pode se lembrar. Se não, imagine, experimente imaginar. Do açucareiro vazio pegou falsos cubinhos. – Quantos? Não tenha medo de engordar. Eu não engordei nada, visto o mesmo número desde que casei.

A senhora levanta-se num giro, era ainda muito ágil e forte, pega rapidamente algumas peças de roupa. Antes que Daniele recusasse já estava usando luvas e um chapéu. – Estou me sentindo ridícula. Pensou, não disse. A senhora ria e ajeitava o cabelo com uma echarpe de seda e um brochezinho vermelho. – Agora sim, minha querida, vamos ao nosso chá. Experimente estes biscoitinhos, das freiras, um primor. Segurou na ponta dos dedos o ar. – Não faça cerimônia. Macadâmia, gosta?

A moça observa que pela primeira vez em cuidado de idosos que não sente pena dos seus desvarios. Ela parece mais uma atriz imersa em seu drama, ou uma criança num jogo, mas atenta e com total noção da cena. E como é enxuta, que mulher bonita, que modos delicados e nobres. Daniele pensou na mãe que mal conheceu, na madrasta que foi sua mãe, tão gasta, gorda, oleosa, cabelo opaco, raiz em desleixo, varizes e suores, a resmungar sua falta de sorte com as chinelas arrastadas. – E eu tão sem graça. Sinto-me fadada ao mesmo mal.

– Sabe, Daniele, na vida temos muito pouco no presente, apesar de ser tudo o que temos. A maior parte de nós é um projeto no passado ou uma lembrança no futuro, o agora, é quase nada. Mas, querida, é tudo. Por isso se chama presente. O presente que o tempo te dá. A vida nos dá presentes, pequenos e discretos, é para quem sabe olhar, essa xícara, esse chá. Repare, framboesa e limão, a cor cítrica e castanha, um mixar de doce e azedo, esse cheiro é único, as framboesas colhidas no pé, limão siciliano, algo de amargo, suave, leve, o calor corre por dentro, um cachecol de lã, um creme terno nos pés, meias brancas muito fofas, uma mantinha xadrez abraçada, em frente a janela do chalé, madeira, frio, um verde escuro na janela, já é tarde, lareira braseia, um pôr do sol pintado, fumegante xícara, amante xícara, transbordante xícara, aquece as mãos, céu ávido devassa, algumas velas acesas, perfume, cheiro de verde molhado, cheiro de chuva, cheiro de fruta, cheiro de chá, da xícara sobe uma leve brisa colorida, rosada, uma fumaça de gênio da lâmpada, três pedidos: calor, luz e aconchego, um certo cavalheiro de olhos castanhos, um nada a fazer, só contemplação, em frente a janela da cabana, vestidos de chuva nos demos as mãos.

Limpou das pontas dos dedos um açúcar fantasioso.

– Ele foi o amor que tive. Único. Sublime. Eterno. De outro jeito não é amor. – Que sorriso! Que ternura! Quantos anos será que ela tem? Parece uma artista. Que pele, cabelo, dentes... Me sinto tão feia. – Mas preciso voltar alguns anos, Daniele, querida, ao primeiro dia. Sei da dificuldade de montarmos uma sequência de fatos da

nossa vida, pois dos primeiros não lembramos, outros gostaríamos de esquecer, também o tempo faz sua parte ao embaralhar ou evanescer. Às vezes esqueço algumas coisas. Às vezes não lembro que esqueci. E talvez as lembranças que ficaram já estejam adornadas por outros elementos aleatórios. Aleatório: Ao acaso, a esmo, fortuito casual, dez letras. Desculpe-me, são as palavras cruzadas, o médico recomendou e minha cabeça ao invés de arrumar se tornou um tormento, desculpe. Onde? Sim. Lembranças. Como saber? Sei que nos dias de chuva vejo nitidamente os olhos de um certo cavalheiro. Chovia no dia que o conheci.

– Eu andava pelos meus 16 anos, era bailarina certa nos bailes de debutantes. Ele era cadete do ar, e como tal bailava fardado, era primo da aniversariante. Fazia tempos que eu olhava suas fotografias, escrevia seu nome em diários, beijava o espelho. Ai! Daniele, como me lembro desse dia. Dançamos e sorrimos. E ali estava tudo. Minha amiga, prima dele, arranjou os pares. Acho que ela percebia.

Ela cantarola uma valsa, com as mãos, sem levantar, somente as mãos bailam novamente. A jovem estava hipnotizada por aqueles gestos, a suavidade daqueles gestos, a poesia daqueles gestos, ali, viva, nas mãos da velha senhora. Daniele sentiu a margem da loucura, pois ouvia nitidamente a valsa.

– Eu nunca dancei uma valsa. – Não se usa mais. Pena. Minhas netas preferiram viajar a Disney. *Quelle horreur!* Pena mesmo que nas juventudes atuais não se use mais reunir moças e rapazes em baile organizado, onde todos saibam as danças girantes como uma ciranda de fractais. De cada ângulo que se olha esses bailados antigos, pode se ver um fractal, nos pés, nos riscos sutis no chão, de cima, nas rodas das saias, ai as saias vistas de cima, de um terraço qualquer, as barras rendadas, anáguas vistas de baixo por miúdos à espreita, ai os vestidos nas revistas das modistas, francesas, as revistas, não as modistas, os desenhos de braços, nos penteados, nas aquarelas, cores pálidas dos vestidos pastéis, nas joias, nas mãos, desenhos, formas, luz... Você sabe o que é um fractal?

Daniele não sabia.

– Pena. É geometria, padrões do todo que ser repetem nas partes, floco de neve, conchas, plantas, enfim a natureza é estética ou matemática. Vejo muitos programas de ciências, os meninos botaram aí uns canais, vejo tantos filmes, série não gosto, longo demais, e se morro antes de acabar? Às vezes esqueço e tenho que voltar. Também não vejo mais jornal, para quê? Não há nada a fazer. Sinto-me cansada e só.

Daniele lhe entrega um comprimido, afinal era esse o motivo de estar ali. Sem interromper o seu transe ela seguiu. – Pois dançamos a noite inteira, e nossas mãos se amaram debaixo da chuva, o vestido colou no corpo e ali, no jardim da festa estive nua sob seda e renda, as gotas quase evaporavam tocando minha pele, estava quente, mas também fria, coisa louca isso.

Ao longe, ouvem-se fogos de artifício.

– Pois, Daniele, sob a luz feérica, nossos olhos se perderam e se trocaram, se misturaram e se encontraram, se desnudaram e se desejaram, nossas mãos bailaram, nossos pés flutuaram, nossos lábios se tocaram. Faíscas. Frêmito. Fractais. Foi rápido, o durar de uma festa. E esse encontro marcaria toda a minha vida. – Foi o seu marido? – Não, minha querida, foi o meu amor.

Uma pausa densa preenchida de saudade e remorso dos tantos nãos.

– Naquele dia de chuva intensa e calores óbvios nos beijamos, e esse beijo foi de ferocidade tal que abismou os que passavam. O beijo combustão. Era um baile bonito, decorado de branco e dourado. O beijo fúria. Com música de orquestra, com pares girando em seus fractais, flores explodiam por todos os cantos. O beijo furacão. Doces cristalizados, taças de cristal, tudo de mais lindo e de bom gosto. E uma gente que nunca amou. Nós paramos de ouvir a música em algum momento, e não nos desgrudamos, continuamos com este único beijo voraz, devasso, inaceitável. – Imoral, depravado, pervertido, sem vergonha... – Ouvi os gritos de meu pai, senti o constrangimento de minha mãe, cochichos, sussurros, todos os olhares da festa em mim, colegas, invejas, ciúmes, adultos, censura, reprovação, eu, sem entender ainda o que se passava, ele, tentativa tola de me proteger. Fui levada da festa aos solavancos e impropérios. Tirada do baile vestida de lama. Fui para um colégio de freiras. Vergonha. Mágoa. Solidão. Mães de colegas me proibiram de estar.

Portas fechadas para mim. Chamada de nomes que não repito. No internato comecei a fumar. Ali deixei de gostar de estudar. Eu pensava em ser professora, talvez de francês ou literatura. Desisti. Quis ser nada.

Ao longe, ouvem-se lágrimas.

Ela fica por um tempo absorta, acende um invisível cigarro em uma imaginária piteira, traga e desenha no ar formas sinuosas e ilusórias. A moça já não estranha mais. – Bom, não havia nada que eu pudesse fazer. Que poderia eu, aos dezesseis anos, fazer? Concluir o colégio e esperar. Daniele, Daniele, era isso que moças nesse tempo faziam. Esperavam e obedeciam, e eu obedeci. E esperei. Um ano. Sempre tinha notícias dos seus olhos castanhos através da prima, minha colega e cúmplice. Trocávamos cartas, bilhetes, mimos. Tempo passado, quando já acreditavam que eu esquecera, conseguimos marcar um encontro, fomos ao cinema.

Daniele acompanha a trama. Assiste o monólogo da velha senhora como um dia assistiu novelas, como há tempos não assistia nada. – Ai! O cinema, frio na barriga, frio drops hortelã, frio na sala refrigerada. Bochechas vermelhas, poltronas vermelhas, cortinas vermelhas, um toque de dourado. No escuro em preto e branco, beijos, uma atriz linda, beijos, uma canção, beijos, the end, beijos. Ecoava "Put the blame on Mame, boys". Ai! As luvas. Vestidos de penumbra, decidimos, depois do escândalo na festa, que iríamos nos encontrar na sala de casa, com mãe e pai ao lado, propor decente noivado. Ele pediu a meu pai autorização. Pai quatrocentão concedeu. Mãe imigrante elaborou cardápio europeu. Madrinha solteirona de longe veio.

– Então, enfim, tudo deu certo. – Não. Naquele dia, passei mal, tive insônia, tive dores, tive febre, tive falta de ar. A lembrança do beijo incandescente me voltava, escurecia cinema, clareava baile, luz piscava, fractais, fogos, caleidoscópio, embriaguez. Senti um incêndio por dentro, um dilúvio por fora, suei lavas, cai num choro sem remédio, assustei as mulheres da casa, suspeitaram malária. Tomei banho demorado, tomei um chá de melissa, tomei ar na varanda, nada passava, a hora chegava, me vesti de acordo, estava pálida, gaguejava e tremia. Meu pai chamou. Fui à sala. Ele veio, vestido de príncipe, trouxe flores, trouxe notícias do mundo, trouxe para mim esperança e um broche de rubi em forma de borboleta.

O broche sempre com ela.

– Sim, o broche... Achei que fosse de fantasia. – Ai, Daniele, todo o combinado de visita distinta, de corte a pai e mãe, de boas maneiras e boas intenções, de compostura e recato, nada resistiu ao encontro de olhos amantes. Seus olhos castanhos me despiram na sala de visitas, as vistas de todos, com as luzes acesas, contra o pudor daquela família. Ai, e o desconcerto, o espanto, ai a injúria e o insulto aos olhos de pai e mãe, madrinha, criadas. Pouco falamos, meu pai a perguntar de coisas de guerra, ainda recente, mãe a perguntar de afazeres, já preocupada, jantar a mesa, tantos talheres, e seguimos de olhos grudados, como se grudaram as mãos e as bocas naquele dia no baile, nos vestimos de suor como no cinema, a atriz era ruiva, mal comi, vertigem, furor, quebrei uma taça nos dedos, cortei minha mão, acudiram as criadas a olhar espantadas a menina em desmaios e ensanguentada. Vinho tinto escorreu, manchou toalha, sangue, prenúncio de honra manchada. *Horreur!* Entre o curativo e o licor, meu pai decidiu, minha mãe avisou. – Agradeça a visita, mas dê por encerrada essa amizade. Às lágrimas que seguiram a advertência, uma explicação. – Vocês parecem loucos. Tenha calma, minha filha, isso que te parece amor é tara. Isso é coisa que passa, amor é uma outra coisa, é brisa calma, não vendaval. Ninguém pode ser feliz com uma coisa dessas. *C´est pas l´amour , c´est le diable au corps!* – E assim, com a mão enfaixada e os olhos miúdos, após delicado beijo no portão, eu lhe disse não.

Ao longe, ouvem-se canhões.

Chocada e trêmula a moça imagina a situação. – Quer que abra a janela? A chuva já passou. – Sim, faça-me essa gentileza. Nos momentos seguintes ela esteve de olhos fechados, recostada na poltrona. Daniele corre os olhos pelo quarto imenso, nele todo o mundo desta senhora quase centenária, um sem fim de porta-retratos, uma família bonita, uns meninos loirinhos, livros, bonecas, caixinhas. As enfermeiras ocupavam quartos ao lado, uma para o dia, outra para a noite e uma folguista que revezava. A diária era muito acima do mercado e a casa estava toda a disposição com uma cozinheira e uma arrumadeira. Tudo farto, todo bom tratamento. A tarefa da enfermeira era apenas estar, pois do nada mais precisava a senhora. Os netos visitavam rapidamente, os filhos

envelheceram bem mais que a mãe e seus achaques precoces os maltratavam, ou as noras, quem saberia dizer? Amigos já não tinha. E era viúva. Enfim, a enfermeira era mais uma dama de companhia. Era comum acontecer. Para Daniele também era um bom alívio para a solidão, apenas não esperava por todas aquelas confissões. Já acompanhara idosos, aplicava-lhes injeções, controlava medicações, fraldas, pressão, e sim, muitas vezes ouvira desabafos, mas nada comparado ao chá fantástico e as memórias tórridas de uma velha fantasiada. Às vezes parecia que cochilava.

Daniele quer saber mais. Vê-se em sua carinha a curiosidade. Ela que nada sabia desses ardores, desse desejo que estala cristais e provoca enchentes. A enfermeira era uma menina simples, sem atrativos ou ambições, pobre e honesta. Nela tudo era mediano, nem alta nem baixa, nem gorda nem magra, nem estúpida e nem ilustrada. Prefere estes trabalhos em casa de família, que era o mesmo que estar em casa, TV, café e pão, só que recebendo salário. Melhor que em hospitais e muitíssimo melhor que a própria casa, com madrasta e irmão caçula, única família e meio afastada, cada um vendo um canal diferente, cada um com sua televisão, som alto e luz baixa. Essa moça dá um pouco de pena. Não tem namorado. Nunca teve uma relação duradoura. Coisas sem estima e sem apego. Não tinha a moça sequer pretensão. O último homem com quem andou era casado e nunca lhe tinha dito nada, até que a esposa o flagrou e olhou para ela com uma pena de dar dó. E ela disse – Oh menina, isso não vale nada. Largue de ser besta. E levou pela mão o cafajeste que era pai de seus filhos. Sentiu-se burra.

E Daniele chorou, em casa e escondido. Mil vezes ser chamada de vagabunda e outros nomes feios, mas pena e conselho de rival, isso era humilhação demais.

Pensou em estudar para concurso, em mudar de cidade. Não passou nas provas, não fez viagem. Pegou a vaga, na agência, de uma colega que ia casar e morar no interior. E em seu novo emprego não se reconhecia vestida de boneca.

A chuva recomeçou.

– Deixe aberto, Daniele, gosto que molhe, somos água. E a chuva de novo lhe trazia o seu cavalheiro moreno, de olhos castanhos e vestido de armas. – Passaram-se semanas. Soube que definhava. Eu também minguava. Nossas famílias tiveram certeza que esse desatino todo, não era amor, dividiam-se os julgamentos entre asneira e aberração. Proibiram as cartas. A cada temporal eu me imaginava telepata, sonhava que nos comunicávamos e nos sonhos nosso amor de loucos se completava. E sonhei absurdos, amores inéditos, banhos lascivos, travesseiros impudicos, fiquei viciada, bebia escondido e bêbada me amava. Passaram-se meses. E nesse tempo todo, eu também sonhei toalhas e louças, monogramas e brasões, sonhei filhos, sonhei cachorros, árvores de natal, sonhei e esperei. Passou tanto tempo que nos perdemos um do outro, a prima, aquela que era muito minha amiga, foi morar longe, ninguém me deu notícias, nesses tempos era raro telefone, eu não tinha como encontrar. Sala de casa sempre acompanhada, madrinha tinha vindo morar. Esperei que ele me encontrasse. Esperei maioridade. Esperei algum sinal. Por fim, cansada de esperar, casei. Pai de acordo, mãe sorridente. Tias e madrinhas a bordar enxoval, vestido branco em Richelieu, cama e mesa e até conjuntinhos de pagão. Era o que moças em meu tempo faziam, casavam e pariam. E, se não por fora, por dentro, morriam.

Passaram-se anos.

– Eu ainda lembrava dele, mas vieram os filhos e as ocupações, carreguei a borboleta no peito sem que ninguém desse conta, assim como carreguei sua companhia em volúpias secretas. Acreditaram que a loucura tinha passado. Ou o passado dopado abrandado. Eu tinha uma vida boa, calma, segura, mas árida. Durante todo esse tempo não choveu. – E a senhora não voltou a vê-lo? Daniele agora sofria o amor desperdiçado. – Sim, nos vimos. Mas isso foi muitos anos depois.

– Minha mãe foi doceira, de mão cheia e afamada, com os filhos crescidos dedicou-se a montar uma confeitaria, uma casa de chá. Minha mãe não tinha sido rica, vivera em guerras, veio a conhecer os brilhos e as delicadezas do dinheiro quando casou com meu pai. E ela sempre me disse que gostaria de oferecer as pessoas, mesmo que por um momento, toda cortesia e elegância que fosse possível. Criou seu Versailles. Esse salão era de uma beleza única, os doces eram obras de arte, ai as cores, um fiel pianista de fraque, as tolhas de refinado bordado em tons de bordeaux, os aromas, os convidados eram recebidos como reis, tratados por *monsieur, madame, mademoiselle*, e havia música, havia luz, lá recitavam poesia, ouvia-se Chopin, Debussy, vestiam-se com esmero, senhoras usavam chapéu, entrar naquele espaço transportava a um éden. Eu costumava passar as tardes lá, olhando o bailado dos cristais dos lustres, acariciando os veludos e brocados, provando profiteroles e tomando chá. Vestida de Vogue. Conversava amenidades de jovens senhoras bem casadas. Ai, os filhos, ai as empregadas! De amantes dos maridos, não se falava. Não de seus próprios, é claro. *Hypocrisie!* Eis que quando já me acreditava recuperada, livre dos calores e das tempestades, vejo novamente a chuva anunciar.

Ao longe, ouvem-se trovões.

– E nesse lugar mágico onde tudo cintilava, os olhos castanhos, agora de um homem feito, me paralisaram. Ele, agora capitão, vestia um sobretudo encharcado e entrara neste ambiente de damas vespertinas para se aquecer. Em segundos, foi recebido e acomodado, foi a ele oferecido toalha quente e toalete perfumado, e uma xícara de chá. Ele preferiu o chocolate quente. Sentou-se. E, cara Daniele nesses momentos em que a dúvida dilacera é preciso ser ágil. Já não me importava se ficaria bem ou não abordar o cavalheiro, não eram modos de uma dama, por certo, mas que me importava isso àquela altura? Caminhando até sua mesa, ouvi novamente gritos, meu pai vaticinava que eu não me casaria, que com meus modos seria mulher da vida, mulher de muitos homens, mulher sem lar. Mas eu tinha casado, tinha aliança, sobrenome, baixelas e bandejas, paninhos de todo tipo, até eletrodomésticos combinados, era uma dona de casa com empregadas para tudo, me criavam os filhos e

geriam minha casa, um marido excelente, principalmente quando estava ausente, excelente em fotografias. Meu pai já havia morrido e minha mãe por pouco se interessava, além da excelência de seus bons bocados e da alvura das toalhas de mesa. De uma coragem torrencial me vesti e fui até ele. Uma banda marcial batia em meu peito e só a delicada presença da borboleta no decote do vestido florido me recordava que não estava sonhando. Apertei forte a cicatriz na mão. Apertei o passo com o coração apertado. Tentei sorrir. Lábios apertados.

    Daniele não escondia o encanto e a ansiedade. Por que ela nunca estivera em um lugar assim? Nunca a olhara um cavalheiro assim? Por que ela nunca nada? – E novamente nos afogamos nos olhos, não tinha passado um dia sequer do beijo no baile dourado, do beijo preto e branco, do beijo no portão, nem um único dia do malfadado noivado e nem do casamento arranjado. E éramos de novo tão jovens quanto no passado, de novo mergulhados em um torpor alienado, não brilhavam gotas de cristais, não fumegavam chás, não fulguravam caldas. Nada acontecia. O mundo todo, fora a chuva, tudo tinha parado. Dançamos no chão xadrez. Peão, torre, bispo, rainha, rei, xeque-mate. Preto e branco chão. Pretas e brancas teclas. Piso preto e branco. Preto e branco. E ele me disse somente duas palavras. – Vem comigo! Respondi uma única palavra. – Agora! Eu fui. Vestida de audácia. Espantou-se, menina Daniele? E era mesmo de espantar.

    A Senhora acende outro cigarro. Daniele aguarda ávida. Que virá? – Sem sequer pegar o sobretudo molhado, sem bolsa ou documento, sem aviso ou consentimento, corremos pela rua com os cabelos colados e os sapatos alagados. Entramos em um carro de praça, rumamos a chácara, onde ele tinha um pequeno chalé. E sem qualquer preparo, sem núpcias ou bençãos, ainda dia claro, ali fomos, finalmente, marido e mulher.

Ao longe, ouvem-se gemidos.

Daniele enrubesce. Sentia-se virgem. – E passamos três dias em delírio, nos amando e nos jurando, nada, nada nos separaria. Amanhecia na varanda a contemplar o jardim, tinha um Ipê imenso, florido, umas galinhas, formigas e tive certeza de que eu poderia ser feliz ali. Lá vi três vezes o sol se pôr, vi três vezes o sol nascer, mal dormíamos naufragados nesse amor. Do sobretudo esquecido a um endereço, a uma chácara, a uma cabana, a um casal sem pudor. Meu resgate: meu marido e minha mãe. Suspeitaram sequestro, lavagem cerebral, drogas. Chocaram-se com minha nudez, meias e manta. Tomaram-me por louca. Gritaram-me irresponsável e egoísta. Lembraram-me meus filhos. E frente a essa recordação, escolhi voltar. Nesses tempos, minha querida, uma mulher não abandonava marido e filhos, muito menos para viver vestida de chuva num chalé de madeira a colher framboesas e a abraçar cobertores de lã. Ele protestou, foi um quase combate, propôs assumir casa e crianças, ofereceu reparação, ofereceu seu nome e proteção. Mas eu sabia que isso não seria possível, que juiz me daria os meninos? E então, Daniele, por meus filhos eu disse-lhe não.

– Não? Ela disse não? E se fosse eu? Teria dito sim. Sim? Mas não tenho filhos, que sei eu desse amor que dizem as mães sentirem? Não tive mãe também, minha madrasta me ama, isso é certo. Me criou toda vida. Quando meu pai foi embora com outra, eu fiquei. Nunca fez diferença entre mim e meu irmão mais novo, filho dela com meu pai. Meu pai nunca voltou. Ela não quis mais saber de homem em casa, tinha os filhos e isso lhe bastava. Mas a que ela diria sim ou não? Ela nunca disse nada, nem sim e nem não. Apenas a vida a levava. E eu que diria? Diria nada. Como me acostumei dizer. Nada.

– Mas, o estado de torpor que fiquei, após esses dias no chalé, me levaram a novamente delirar, as borboletas passaram a me rodear, a me lembrar, as borboletas, as saias rodadas, as xícaras, minha cabeça rodava em movimentos regulares, me hipnotizando e me cobrando. Piso preto e branco, preto e branco, filme preto e branco, céu preto e branco. Tudo girando. E giravam beijos, giravam afagos, giravam mordidas, girava carne, girava sangue, girava suor. Giravam gritos no baile, gritos na minha mão machucada, gritos que eu seria internada. E com tantos giros, com tantos gritos, meu juízo estilhaçou. Passei um tempo em uma casa de repouso, carregando uma culpa imensa, carregando remorso, carregando arrependimento. Assim como carreguei por anos a vergonha do baile, a solidão do internato, a minha assombrosa falta de informação e o rasgo no peito sem ter meu amor. E estas cargas foram muito pesadas para meu corpo frágil, novamente senti dor, falta de ar, falta de esperança. Passei a sangrar por gosto a palma da mão, a tentativa tola de rasgar, também, ele do meu coração. Quem era eu ali?

Eu não sabia. Sequer era mãe de meus filhos. A maternidade me exasperava. A casa bem-posta me enfadava. Meu marido me enojava. A farsa do surto me protegeu da maledicência natural de uma sociedade desmoralizada. E meu marido se sentiu aliviado de apenas minha mãe ter ficado sabendo. Famílias tem segredo. Muro afora as aparências, Daniele.

Daniele cá no seu canto também recordava, das tantas infâmias e calúnias, uma vez, mocinha, foi xingada na rua, as pernas cresceram antes dos shorts, e mais por pobreza que por exibição, a menina usava peças muito curtas. Ouviu desaforos que nem conhecia e perguntando a madrasta, ouviu: – É... Já quase uma mulher, se cubra. – Me cobri. Mas isso não tinha importância, pois toda coberta, sequer maquiagem, nos hospitais os médicos me roçavam as pernas, diziam gracejos, faziam convites. Procurei ser a mais discreta, sem graça até, para proteção. Pouco sorria, nunca gargalhava, menos ainda falava. Tampouco tive coragem de denunciar. Quando estudante tive uma vizinha, a vizinha tinha um noivo, o noivo me rondava. Eu passava por ele na escada de cabeça baixa, apertava os cadernos no peito para disfarçá-lo, cabelo preso, cara amarrada, amarrado também na cintura um suéter, a calça branca do estágio marcava. Um dia a vizinha me deu um tapa na cara. – Vadia sonsa! A madrasta ficou de enviar carta ao síndico. Não enviou. O irmão não se abalou, jogando videogame estava, jogando videogame ficou. E o noivo? Este riu às gargalhadas, se sentindo muito cobiçado, tranquilizou a vizinha, pois nunca que ele iria sequer olhar para aquele picolé de chuchu. A vizinha desfilou vingada. Eu me senti culpada.

– Saindo da clínica, eu não me encontrava, os momentos no chalé estavam impregnados de tal forma que nada me acordava, passei alguns anos assim, alheia e medicada, como eu era vigiada o tempo todo nem imaginei como escapar, não ia sequer à casa de chá, me fechei em mim. Minha mãe tinha uma casa de chá, eu disse? Mas como tudo na vida passa, foi passando e fui parando de reavivar a ferida.

Passaram-se muitos anos.

Daniele agora torcia por algum tipo de final feliz, como podia um romance desses dar em nada? Teve vergonha de perguntar. Mas não foi preciso. – Soube que se mudou para Brasília, já tenente-coronel, meus filhos cresceram, o casamento se aceitou formalidade, minha mãe se foi, a casa de chá perdeu seu glamour antigo, a casa de repouso ganhou técnicas novas, já não amarravam à cama as internas loucas de amor. Já não existiam loucas de amor. Vieram tempos menos graciosos, vieram os hippies, e mesmo sem nunca ter esquecido o meu único amor, eu não alimentava expectativas. Afinal, não havia nada a fazer.

Mudando de atmosfera tão rápido que Daniele ainda suspirava, ela voltou ao chá, elogiou mais uma vez a mistura de framboesa e limão e os biscoitinhos de macadâmia. Falou então em *macarons, éclairs e madeleines*, Daniele não conhecia. Sonhos conhecia. A senhora então, trocou os acessórios, vestiu sobre o pijama uma camisola comprida, trocou a echarpe por uma estola de peles, passou batom. – Não sei como são hoje essas moças, não se enfeitam. A senhora olha-se no espelho vaidosa. Daniele abaixa os olhos. Ela não se arrumava, nem uma maquiagem besta tinha. Nem bijuteria. – Não contive meu susto ao conhecer minhas noras. Eu tenho três filhos homens, já lhe disse? Eram uma coisa horrorosa. Viviam de tamanco e calças jeans, umas bolsas de corda, umas sandálias fedidas, metidas com política, vestidas de homem, falavam gritando, vulgares, e me tratavam com olhar de pena, pena da mãe louca dos seus namorados. Falavam-me alto e gesticulando, como se além de louca, eu fosse surda. *Horreur!* Mas hoje pensando bem, vejo que os podres estavam todos aí, eu não era a única viciada, meu pai e suas funcionárias ordinárias, minha mãe e seu santuário rococó, minhas noras e suas passeatas suadas, que fazia eu de mal, então? Só porque dormia até esquecer? Achei que era um vício limpo, dormir, e sempre dormi bem composta, de banho tomado, as mais lindas camisolas, cabelo penteado. Que mal fiz eu a essa família enquanto dormia? E sempre, sempre nos sonhos eu o via. Os mesmos olhos castanhos. Olhos cor de chocolate. Ai, chocolate.

Nós nos encontramos ainda mais uma vez. Eu, então, já não era a menina do vestido rodado com um broche de borboleta, não era a jovem agastada com filhos pequenos, não era mais a prisioneira em paredes brancas para doentes mentais, eu era agora uma mulher madura, com filhos rapazes e muita vontade de viver. Eu até dirigia, tive um fusca azul que brilhava. Eu sabia que vivia um casamento de conveniências, com quartos separados e vidas ainda mais separadas, mas tínhamos uma boa camaradagem. Eu era grata por seus cuidados

e discrição, primeiro o álcool, depois os cortes, depois remédios, depois remédio, álcool e cortes, e vômitos, lavagem estomacal, novamente clínicas, serei eternamente grata por ele ter mantido meus filhos a salvo de mim. Mas então eles já eram grandes, podiam se defender de sua própria história. Eram rapazes, não precisavam de meus cuidados mais. O divórcio ainda não era legalizado no Brasil e desquite era palavra estigma, tatuava-se na testa – Mulher desquitada. Era certeza de portas fechadas. Mas já não me importava. Quem me gritaria agora? Tudo tinha mudado. Já existiam telefones em abundância, e até a pílula! Você pode imaginar o que a pílula significou para as mulheres de minha época? E foi homem a lua, e foi o fim dos Beatles, e foi a TV em cores. E foi nesse momento que retomei a procura por ele. Não foi difícil, sobrenome e catálogo telefônico. Endereço. E agora, que faço? E só de ler seu nome, já me vinha na boca o gosto do chocolate e a tempestade no peito...

– Telefonei. Voz feminina – Casou-se? – Mas claro! Como não? Apresentei-me, amiga da prima, de tempos muito passados, a procura de amigos, festa da escola, 25 anos, tempos que não nos vemos, tenho três, todos rapazes. A conversa cordial até me fez voltar o remorso de sempre, pior quando ela chamou. – Querido, uma amiga de escola... Não disse... Sua prima... Fale com ela. – E assim, marcamos de nos encontrar. Ajeitou o chapéu, sorveu goles do chá, olhou a janela, e continuou. – Marcamos em um hotel, no bar, apenas para conversar, nossas vidas tinham seguido e quanto a isso nada podia ser feito. Ele tinha se desiludido, deixara a farda, tocava trompete, estava de volta e quis me rever. Menina, você não imagina o sucesso que eu estava, o vestido, o cabelo, a maquiagem, o perfume, eu era finalmente uma mulher. Tinha feito até análise. Eu era enfim uma mulher!

Daniele pensou se algum dia faria terapia. Teria coragem de falar com o terapeuta de sua vida insossa? De seus sonhos loucos? De pensamentos tão estranhos que nunca falou com ninguém? Não despia roupas, seria capaz de despir a alma?

– E repetimos o beijo do baile, repetimos o amor do chalé, repetimos nossos sonhos acalentados por anos. Ele agora usava barba, meus cabelos eram mais curtos. Meus meninos criados, os dele por criar. Ele tinha voado mundo afora, eu tinha sonhado mundo adentro. Tanto tínhamos para contar. E os amigos do passado? Alguns morreram, alguns sumiram, alguns casaram, alguns, até, foram felizes. A prima vivia bem, viúva e com muitos cachorros, comia macrobiótica. Os pais já mais velhos não tinham o que protestar. Não perguntei por seu casamento, tem coisas que se deve manter para si. Tampouco ele perguntou, ele era um gentleman. Do bar ao quarto. No quarto a cama. Éramos de novo os jovens do baile fulgurante a se devorar, agora sem espectadores e sem aflição. Naquele hotel fomos borboletas. E todos os detalhes de um romance de cinema estiveram presente, passei sete dias de hotel em hotel, sete dias dentro de quartos, sete dias em camas diversas, em um hedonismo desvairado, banhos de espuma, café na cama, vinho, champanhe, e o mundo todo se cobriu de rosa da flor de jambo na janela a frente, se cobriu de vermelho jambo, se cobriu de marfim, se cobriu de madrepérola, ouro, se cobriu de rubi. Vestida de chuvas, de uvas, de luvas. Gilda. E fomos borboletas em círculos na luz, vestidos até apenas de nossos pelos.

– Por que ela fala assim? Que vergonha! Daniele nunca estivera nua. Cem por cento, nua. No claro, nua. As vistas, nua. À vontade, nua. Mesmo seu banho era encolhido. Exames vexames. Nunca vestiário. Raramente praia. Não era pudor. Sentia-se feia. Feia. Feia.

– Cada dia ele me trazia um presente, que havia juntado por anos para me entregar, na certeza que ainda me encontraria. E foram livros de poesia, e foram bonequinhas, e foram adornos e pedrarias. Inúmeras coisinhas vermelhas, para combinar com meu cabelo, caixinhas, uma caixinha de música com rodopiante bailarina ruiva e até lingerie. E tantas cartas por ler. Tantos anos. Maldissemos o baile, quando das repreensões. Arrependemos obediência, quando das proibições. Relembramos a cabana, quando libertos grilhões.

Sentia-se heroica. Sentia-se gigantesca. Sentia-se mulher.

– No último dia, uma tarde de domingo, chovia, telefonei para casa. Informei paradeiro. Não precisam me buscar, não enlouqueci. Meu pai me bateu por beijo no baile, meu marido me internou por amor na cabana. Agora eu decidia. Fiz planos. Fiz malas. Fiz, até contas. Passaram-se semanas. Os meninos não se abalaram, eram a favor de amor livre e outras coisas estranhas.

Jovens! Na decisão de deixar casa, deixar vida falsa e rumar vida plena: a notícia. Quando ele já tinha contado a mulher sobre mim, arrumado lugar, levado seus discos, enquanto eu me preparava para viver... Meu marido adoeceu. Coisa séria, que em pouco tempo o levaria. Voltei atrás, tinha feito juramento de apoio e conforto toda vida. E sei que ele teria feito o mesmo por mim, como tantas vezes me acudiu, quando eu tantas vezes quase morri. Ali desisti. Por meu companheiro de toda uma história, pela família que mal construí, por meus filhos, e até por meu pai e minha mãe, eu disse-lhe não. Pela última vez. Dessa vez ele não me perdoou. Tantos não. Disso Daniele entendia, ela na vida só tinha dito não.

– Não tenho arrependimentos, a cada dia fiz o que tinha que fazer. Se não fiz de outro jeito foi porque não havia outro jeito. Você menina, tem uma vida toda pela frente, livre, hoje vocês são livres, minhas netas já tiveram mais homens do eu tive pensamentos e nem por isso ninguém lhes gritou. Minhas noras recebiam os namorados delas para dormir em casa, imagine? E meus filhos achavam tudo normal! Duas já casaram. Porque quiseram. E tiveram bebês, porque quiseram. E trabalham. Dividem contas, até pagam a conta toda. A mais velha, o marido é pintor, passa o dia em casa pintando, nunca vendeu um quadro e ela no consultório trabalhando. Imagine? E fazem questão de ir às festas da escolinha, uma coisa horrorosa, nunca suportei, menino vestido de papel crepom, professora vestida de coelho, uma bunda enorme, do tamanho de um fusca com um pompom. Eu tivo um fusca azulzinho, tive também um Chevette verde claro, um Opala, não lembro a cor. Os carros hoje são só pretos ou brancos. Preto e branco. Minhas netas amamentaram em público, falam na frente de todos de absorventes, das regras, em público, cortam unhas na sala. Uma trocou de marido e agora viajam todos juntos, o ex-marido, o novo marido, a mulher do ex-marido, a ex-mulher do novo marido e um monte de menino. Não sei se isso é bom. Mas elas são o que querem ser. Não sei se são mais felizes, mas são livres. Não deixe, menina Daniele, que sua vida passe como sonho. Pois um dia você acorda e não tem nada. E aí, não há mais mesmo o que fazer.

Será que ainda havia tempo para Daniele? Tempo para quê? Ela nem sequer sabia. Desde que começou a trabalhar ela pensa em aposentar. Também não sabe o que faria com o tempo livre. Aborrecia-se no trabalho. Aborrecia-se de folga. Férias eram ainda piores, sem nada para fazer.

– Na esperança de convalescença, na certeza de viuvez sentida, no cuidado com meus filhos a perder o pai, que foi tudo, não o procurei. Soube que deu para beber. Estava próximo, a mão, mas não tive coragem. E era tanto para fazer. Um cuidar de tudo que eu não entendia. Com meu marido perdi um irmão, o que nunca tive. Não tinha mais meu pai e seus gritos, nem minha mãe e seus doces, e mergulhei novamente nas pílulas para dormi. Vício discreto e compreensível. Eu sonhava tanto, com a casa de chá, sonhava com minha mãe que bordava, uma Penélope em tecidos brancos e linhas vermelhas. Era um bordado que nunca acabava, cópias infindas de cadernos de receitas, coleção de cristais. Após a missa de sétimo dia de meu pai, ela comunicou. Iria abrir seu café. Como assim? Ninguém desconfiava. No sótão da casa, estava lá, tudo pronto a espera, castiçais, candelabros, lustres, no sótão escuro ela escondeu tanta luz. Tanta luz minha mãe escondeu. Meu pai nunca soube como ela brilhava. Sonhava também com a casa de repouso, lençóis brancos, irritantes, brancos, sem barra, lençóis do internato, grosso algodão, branco, num bingo entre as dementes que me acompanhavam, ganhei uma cestinha de frutas, morangos, ameixas, arrumei barra vermelha nos meus lençóis, estava lá como doida mesmo, primeiro só dispus as frutas, depois macerei, fiz delas vinho, fiz delas calda, fiz delas licor. Tingi meu lençol. Não escondi meu bordado de frutas. Deitei nua nessa cama lambuzada e doce e sonhei. Aumentaram a medicação.

Passaram-se anos. A moça às vezes se perdia na trama, isso foi antes ou depois?

– E foi assim, por esses tropeços da escrita da vida, fomos nos perdendo novamente, o vi uma vez no jornal, estava mais gordo e o olhar meio fosco. Era então deputado. Um dia, meu amado também se foi, um tempo depois. Desapareceu no ar. Vivi viuvez multiplicada e a dor de não ter vivido. Nunca mais chocolate, nunca mais rubi, nunca mais valsa, nunca mais amor em mim.

Ao longe, ouvem-se réquiens.

– Sonhei com ele todos esses anos. Sonhos fortes, sonhos brandos. Por vezes ele era jovem, peito forte, olhos mansos e eu velha, peitos murchos, olhos vagos. Outras vezes sonhava que vivíamos uma vida, coisa simples, de gente comum. Muitas vezes briguei, acordava mais triste ainda, pois sonho é coisa que escapa e acordada era a vida que eu tinha, ele ali não estava. Tempo passava. Tentei ser avó, não tive muito sucesso. Gostava deles, claro, mas eram tão mal-educados, mexiam em tudo, davam escândalos, se jogavam no chão. Os pais não ligavam. Meus filhos foram tão barulhentos, as mulheres deles tão brutas, a vida tão áspera. Comiam congelados. Ninguém forrava a cama. Que eles poderiam ser? Sabe que um deles, tem uma namorada por internet? Nunca se viram e se amam. Não é muito diferente de mim. Tenho um bisneto que brinca de panelinhas, o pai disse animadíssimo: Este vai ser chef, como a tataravó! *Master de pâtisserie.* Um menino? Se fosse na Europa, mas aqui, nessa terra atrasada? Não sei se isso é certo, mas quem sou eu para dizer?

Sentia-se velha e ultrapassada.

Daniele olhava as fotos e tentava entender quem era quem. E se entender também. – Mas sabe, Daniele, depois de tanto tempo, já me acho mais perto. No sonho o reencontro e aí sim seríamos felizes, na casinha da chácara, na suíte do hotel, no baile dourado, no cine cristal, e rodopiaríamos nos chãos que pisamos, nos amaríamos nos tapetes, no piso escama de peixe, no xadrez do mármore, preto e branco, preto e branco, preto e branco. E então eu seria feliz, como nunca fui, seria finalmente feliz. Uma mulher feliz. Todas as noites, quando durmo, já não lhe peço que me visite, lhe peço que me espere no outro mundo.

Passaram-se décadas. Passaram-se, mesmo, séculos. Subitamente, ela dá seu assunto por encerrado. – Tome seu chá, menina, antes que esfrie. A grande dama levantou-se como uma rainha, sem qualquer pudor de seu corpo envelhecido, e ainda lindo, tirou todas as peças, descortinou pelos brancos. Daniele baixou as vistas. Nem a madrasta tinha visto nua. Ela muito lentamente se vestiu, meias, ligas, calcinha, soutien, penhoar, saltos altíssimos e longas luvas, em uma magnífica composição de vermelho e pérola, de renda e seda, de luz e sombra, cabelos brancos e a borboleta de rubi.

– O chá, Daniele. Se eu puder, na minha idade, lhe dar um conselho, lhe digo, menina, seja feliz. Não espere nada, não espere ninguém, seja feliz com você mesma, todo o resto vem. Esteja pronta para vida, para quando ela vier, se a vida atrasar vá buscar. Não dependa de nada, não dependa de ninguém. A única missão que nos foi dada foi ser feliz. Seja feliz, mesmo que o primeiro passo seja apreciar uma xícara de chá e biscoitinhos de macadâmia.

E Daniele pousou os lábios na delicada porcelana e inexplicavelmente sentiu a xícara inda morna, gosto de framboesa e limão, o sabor ambíguo de companhia e solidão.

Ao longe, ouvem-se batidas de um coração.

Na manhã seguinte as batidas foram suavizando, tornando-se mais longe, mais longe e mais longe.

Sentia-se velha e amada. E só.

Por fim, vestida de deusa, ela disse sim.

E na sua partida fez um lindo dia de chuva

POSFÁCIO

Venho do teatro, pisei no palco pela primeira vez aos doze anos e desde então me dediquei às artes cênicas. Formei em Direção Teatral na Escola de Teatro da UFBA e desde as aulas de dramaturgia que escrevo, e naturalmente toda minha produção literária se dedicava aos palcos, adequada às vozes de atores, palavras para serem vistas e ouvidas, aberta às contribuições de improvisos e cortes para o bem da cena.

Às vezes eu escrevia contos, mas quando dava por mim o conto estava em cartaz. E confesso que continuo a escrever visualizando atores, ouvindo suas vozes e imaginando cenários. Por vezes, o cenário se apresenta como cinematográfico, outras vezes minimalista, mas a verdade é que escrevo drama, mesmo quando lírico, não apenas no sentido de palavras e circunstâncias poéticas, mas também na forma. Penso no drama lírico, que traz em sua estrutura recursos do gênero lírico, no uso de refrões, estribilhos, bordões, em uma cadência cíclica que foge do desenho de atos e cenas e se propõe espiral. Os textos são também narrativas, mas novamente, como narrativas de teatro épico, como rubricas de tempo e espaço encenadas. Pois mesmo apresentando-se aqui como contos, reconheço nas três histórias a cena, seja para o palco ou a tela. Busco ser uma poetisa de imagens.

Falo aqui um pouco da gênese de cada delas, do *work in process* que levou aos contos aqui apresentados. Falo do processo criativo pois me interesso pelo "avesso das costuras" e imagino que possa interessar ao leitor conhecer a "cozinha".

"Senhoritas Primavera" é composto por "Senhoritas Primavera", "Honra" e "Ela disse sim!", histórias avulsas unidas no tema e na estrutura. Os contos falam de mulheres, contam de suas vidas, seus amores, seus segredos, suas frustrações. Cada um desses contos foi criado individualmente, sem se pensar parte de um todo, mas vendo os três juntos, agora, posso dizer que é uma mesma obra em três episódios distintos.

A primeira história, "Senhoritas Primavera" surgiu de maneira quase caricata, mas juro que foi verdade. Em férias percorri jardins fotografando flores, um antigo hobby. Admirando as cores passei a pensar em uma história onde as flores derramassem pelos vestidos e sapatos e que uma moça estaria à espera de alguém que não chegaria. Tinha até título "Ausência confirmada". Mas logo senti pena da moça e pensei se não poderiam ser algumas moças à espera de alguém, vestidas com vestidos floridos e usando salto. E os nomes? Com tanta flor na inspiração só poderiam se chamar Rosa, Violeta, Margarida e assim surgiu o primeiro bit de "Senhoritas Primavera". Daí para serem da mesma família e serem Marias foi um pulo e *voilá* um argumento. Tempos depois comecei a bordar, coisa simples, apenas para me entreter e do bordado veio o elo entre as personagens. Criei o fio de cada uma e fui tecendo.

"Honra" a segunda história desta trilogia nasceu em dois momentos: o primeiro aconteceu durante longa viagem do centro ao subúrbio ferroviário, de ônibus é mais demorado que ir a outro município, no tédio do itinerário fui pensando em uma mocinha que rompe com a mãe para fugir com um artista de circo e a mãe, em seu delírio, mostra a todos a foto da primeira comunhão da filha como se fosse de noiva e um outro conto chamado "Retratos" onde uma mulher burguesa, olhando um aparador de fotos de família, enquanto aguarda o noivo pobre da filha, se arrepende por não ter ficado com seu grande amor por ser pobre. Estes dois pontos de partida foram acrescidos de uma pergunta: "É correto mentir para alguém que se ama para poupá-lo da dor?" E assim surgiu o texto de "Honra" em seu formato dramático, o espetáculo estreou no teatro em 2010.

O terceiro e último conto chama-se "Ela disse sim!" e foi criado em um dos processos de criação mais inusitados que fiz. Durante a pandemia, para incentivar minha filha a estudar, terminei por "cursar" a sétima série virtualmente. Passei a fazer os exercícios das aulas de artes visuais, e assim comecei uma colagem, da seleção de imagens em revistas agrupando por texturas e cores aos elementos mais pictóricos cheguei a um livro-objeto que contava uma história e no momento eu ainda não sabia qual. Na primeira página um pequeno envelope. Escrevi "E o que ela disse?". Assim encontrei um título para a colagem, ainda em construção. Ela disse sim! Ela quem? Sim para quê? Não sabia. Para vida. Para a felicidade. Para o amor. Para saudade. Visualizei, então, uma velha senhora rememorando seu passado. No início pensei que escrevia um monólogo. Nessa ocasião, vi também uma foto de uma modelo chamada Carmem Dell´Orifice, a modelo com carreira mais longeva do mundo, fiquei fascinada pela sua beleza e "juventude" passada dos noventa anos. E a personagem ganhou cara e ganhou a personagem confidente, sua cuidadora, que logo exigiu ter também sua parte na trama. Personagens são assim – exigentes.

Conto aqui, brevemente, o processo de criação destes três contos. Espero que tenham prazer em ler como eu tive em escrever.

Teresa Costalima